益终生的哲理故事

本书编写组◎编

重新唤起对真善美的追求！
重新寻回难得的感动，

DE ZHELI GUSHI

ZHONGSHENG

SHOUYI

广州·北京·上海·西安

世界图书出版公司

图书在版编目（CIP）数据

受益终生的哲理故事／《受益终生的哲理故事》编
写组编. —广州：广东世界图书出版公司，2010.10（2024.2 重印）
ISBN 978 - 7 - 5100 - 2838 - 0

Ⅰ. ①受… Ⅱ. ①受… Ⅲ. ①故事 - 作品集 - 世界
Ⅳ. ①I14

中国版本图书馆 CIP 数据核字（2010）第 196608 号

书　　名　受益终生的哲理故事
　　　　　SHOUYI ZHONGSHENG DE ZHELI GUSHI
编　　者　《受益终生的哲理故事》编写组
责任编辑　韩海霞
装帧设计　三棵树设计工作组
出版发行　世界图书出版有限公司　世界图书出版广东有限公司
地　　址　广州市海珠区新港西路大江冲 25 号
邮　　编　510300
电　　话　020-84452179
网　　址　http://www.gdst.com.cn
邮　　箱　wpc_gdst@163.com
经　　销　新华书店
印　　刷　唐山富达印务有限公司
开　　本　787mm×1092mm　1/16
印　　张　13
字　　数　160 千字
版　　次　2010 年 10 月第 1 版　2024 年 2 月第 10 次印刷
国际书号　ISBN　978-7-5100-2838-0
定　　价　59.80 元

前　言

　　关于哲理，大多数人都认为它只存在于高深的哲学领域，是唯有"大家"才能触及和探讨的话题。现代生活节奏的加快，使得很少有人去细细体味那些身边小事带给我们的启迪，然而，只要我们试着反问一下自己：有谁是从一开始就能成为"大家"，就能够洞穿世事，做到万物之理了然于胸的呢？所谓"大家"，他们只是比我们更善于思考罢了。

　　其实，人类社会能够从蛮荒渐入到文明的佳境，方方面面的进步都要归结于人类的善于思考上。从远古时代的"钻木取火"到现代社会的"优胜劣汰"，这都是经过思考实践才得出来的道理。但同样是"生存"的道理，不停更迭的时代却给后者赋予了比前者更多的含义："钻木取火"无非只需考虑三个因素——木头、人力和钻木的工具；而"优胜劣汰"则取决于个人能力、学习方法、处事习惯、人际关系，甚至是个人性格等众多因素，而这些因素中的每一个因素都有它的窍门和智慧。"优胜劣汰"这一生存法则从某一方面来说并不仅仅是为生存而定，也是为了生活，或者说为了生活得更好而定。

　　既然是生活哲理，那它就来源于生活，每一个在生活的风浪里历经沉浮的人都有权做出自己对哲理的诠释。一次失败的教训，一回成功的经验，一场误会的释怀，一份错过的遗憾……只要你学会捕捉这些微小的细节，只要你用心体会这些微妙的情感，它们都可以成为你的哲理。

本书以影响人们生活最深最广的几个方面为主题，分为做人篇、处事篇、职场篇、成功篇、禅理篇、爱情篇和幽默哲理篇七个章节，从最贴近生活的角度，为读者朋友们讲述了一个个发人深省、短小精悍的哲理故事，并在每一个故事的结尾都总结、阐释了在为人处事中我们应当采取的方式、怀有的心态和知晓的道理，旨在警示读者尽可能地避免重蹈覆辙，激励读者能够以更加从容的姿态面对生活中的困扰，教给读者善于从小事中发掘真知的心得。

相信读完此书，你一定会有醍醐灌顶之感，如果你能将所得所悟用来指导自己的生活，这将是我们最大的欣慰。

目 录

受益终生的哲理故事

1

职 场 篇

成 功 篇

禅 理 篇

受益终生的哲理故事

爱 情 篇

幽默哲理篇

做 人 篇

❀ 远离诱惑

某大公司准备以高薪雇用一名小车司机，经过层层筛选和考试之后，只剩下三名技术最优良的竞争者。主考者问他们："悬崖边有块金子，你们开着车去拿，觉得能距离悬崖多近而又不至于掉落呢？"

"两米。"第一位说。

"五米。"第二位很有把握地说。

"我会尽量远离悬崖，愈远愈好。"第三位说。

这家公司录取了第三位。

启示：不要和诱惑较劲，而应离得越远越好。

聪明的驴子

有一天某农夫的一头驴子不小心掉进一口枯井里，农夫绞尽脑汁想办法要救出驴子，但几个小时过去了，驴子还在井里痛苦地哀嚎着。最后，这位农夫决定放弃，他想这头驴子年纪大了，不值得大费周章去救它出来。于是农夫请来左邻右舍帮忙一起将井中的驴子埋了，以免除它的痛苦。农夫的邻居们人手一把铲子，开始将泥土铲进枯井中。

当这头驴子了解到自己的处境时，刚开始哭得很凄惨。但出人意料的是，一会儿这头驴子就安静下来了。农夫好奇地探头往井底一看，出现在眼前的景象令他大吃一惊：当铲进井里的泥土落在驴子的背上时，驴子的反应令人称奇——它将泥土抖落在一旁，然后站到铲进的泥土堆上面！就这样，驴子将大家倒在它身上的泥土全数抖落在井底，然后再站上去。很快，这只驴子便得意地上升到井口，然后在众人惊讶的表情中快步地跑开了。

在生命的旅程中，有时候我们难免会陷入"枯井"里，会有各式各样的"泥沙"倾倒在我们身上，而想要从这些"枯井"脱困的秘诀就是：将"泥沙"抖落掉，然后站到上面去。

事实上，我们生活中所遭遇的种种困难挫折就是加在我们身上的"泥沙"。

换个角度看，它们也是一块块的垫脚石，只要我们锲而不舍地将它们抖落掉，然后站上去，那么即使是掉落到最深的井，我们也能安然地脱困。本来看似活埋驴子的举动，由于驴子处理厄境的态度不同，实际上却帮助了它。如果我们以沉着、稳重的态度面对困境，助力往往就潜藏在困境中。一切都决定于我们自己，要放下一切得失，勇往直前迈向理想。

启示：1. 不要存有怨天尤人的念头；2. 不要让忧虑沾染你的心；3. 多思考；4. 少退缩。

 # 破桶子的功劳

一位挑水夫有两个水桶，分别吊在扁担的两头，其中一个桶子有裂缝，另一个则完好无缺。在每趟长途的挑运之后，完好无缺的桶，总是能将满满一桶水从溪边送到主人家中，而有裂缝的桶到达主人家时，却剩下半桶水。

两年来，挑水夫就这样每天挑一桶半的水到主人家。好桶对自己能够送满整桶水感到自豪。破桶子对于自己的缺陷则非常羞愧，他为自己不能送满整桶水而感到非常难过。

饱尝了两年的内疚，一天破桶终于忍不住了，在小溪旁对挑水夫说："我很惭愧，必须向你道歉。""为什么呢？"挑水夫问道，"你为什么觉得惭愧？""过去两年，因为水从我这边一路地漏，我只能送半桶水到你主人家，我的缺陷，使你做了全部的工作，却只收到一半的成果。"破桶说。挑水夫替破桶感到难过，他蛮有爱心地说："回主人家的路上，你留意路旁盛开的花朵。"

他们走在山坡上，破桶眼前一亮，看到缤纷的花朵，开满路的一旁，沐浴在温暖的阳光之下，这景象使他开心了很多。但是，走到小路的尽头，它又难受了，因为一半的水又在路上漏掉了。破桶再次向挑水夫道歉。挑水夫温和地说："你有没有注意到小路两旁，只有你的那一边有花，好桶子的那一边却没有开花呢？我明白你有缺陷，但我善加利用，在你那边的路旁撒了花种，每回我从溪边来，你就替我一路浇了花。两年来，这些美丽的花朵装饰了主人的餐桌。如果你不是这个样子，主人的桌上也没有这么好看的花朵了！"

启示：有自知固然是好的，但不要太关注自己的缺陷，因为缺陷在某种场合也能变成优点。

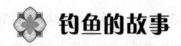

放 下

老和尚携小和尚游方，途遇一条河，见一女子正想过河，却又不敢过。老和尚便主动背该女子趟过了河，然后与小和尚继续赶路。小和尚不禁一路在心里嘀咕：师父怎么了？竟敢背一女子过河？最后终于忍不住了，说："师父，你犯戒了！怎么背了女人？"老和尚叹道："我早已放下，你却还放不下！"

启示：君子坦荡荡，小人常戚戚；心胸宽广，思想开朗，遇事拿得起、放得下，才能永远保持一种健康的心态。

钓鱼的故事

一个人在河边钓鱼，他钓到了非常多的鱼，但每钓上一条鱼就拿尺量一量，只要比尺大的鱼，他都丢回河里。旁观人见了不解地问："别人都希望钓到大鱼，你为什么将大鱼都丢回河里呢？"这人不慌不忙地说："因为我家的锅只有尺这么宽，太大的鱼装不下。"

启示：不让无穷的欲念攫取己心，"够用就好"也是不错的人生态度。取自己够用的，不必贪求，这也是人生中一个重要的修炼。

打开心灵的钥匙

一把坚实的大锁挂在铁门上，一根铁杆费了九牛二虎之力，还是无法将它撬开。钥匙来了，它瘦小的身子钻进锁孔，只轻轻一转，那大锁就"啪"的一声打开了。

铁杆奇怪地问："为什么我费了那么大力气也打不开，而你却轻而易举地就把它打开了呢？"

钥匙说："因为我最了解他的心。"

启示：进入心灵的频道——人际沟通的金钥匙！

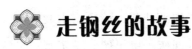

走钢丝的故事

特技团来了个新的弟子，教练从走钢丝开始教起，这个弟子在练习的时候，总是没走几步就掉下来，反复练习还是如此，最后沮丧地坐在地上哭起来，教练走了过来，拍拍弟子的肩膀说："掉落，

受益终生的哲理故事

是走稳的先决条件。"弟子闻言，又重新爬上去练习。教练在旁叮咛着："走，不停地走，直到你忘了那条钢丝的存在，忘了掉落这件事，你就算真正学会了。"

　　启示：人生处处充满意外，我们必须像练习走钢丝一样，带着微笑、抬头挺胸，若是不慎掉落，就重新再站起来。当我们不再在意"意外"，不再在意"掉落"，我们就可以走得比别人稳。

给别人也留一瓶水

　　一个人在沙漠行走了两天，口渴难耐。正当快撑不住时，突然，他发现了一幢废弃的小屋。他拖着疲惫的身子走进屋内。这是一间不通风的小屋子，里面堆了一些枯朽的木材。他几近绝望地走到屋角，却意外地发现了一座抽水机。

　　他兴奋地上前汲水，但任凭他怎么抽水，也抽不出半滴来。他颓然坐地，却看见抽水机旁有一个用软木塞堵住瓶口的小瓶子，瓶上贴了一张泛黄的纸条，纸条上写着：你必须用水灌入抽水机才能引水！不要忘了，在你离开前，请再将水装满！

　　他拔开瓶塞，发现瓶子里果然装满了水！

　　他的内心，此时开始交战着——如果自私点，只要将瓶子里的水喝掉，他就不会渴死，就能活着走出这间屋子！

　　如果照纸条做，把瓶子里唯一的水，倒入抽水机内，万一水一去不回，他就会渴死在这地方了——到底要不要冒险？

青少年精品故事丛书

最后，他决定把瓶子里唯一的水，全部灌入看起来破旧不堪的抽水机里，然后双手颤抖着汲水，水真的大量涌了出来！

他将水喝足后，把瓶子装满水，用软木塞封好，然后在原来那张纸条后面，再加上他自己的话：相信我，真的有用。

启示：在取得之前，要先学会付出。

最后的答案

英国某家报纸曾举办一项有高额奖金的有奖征答活动。

题目是：在一个充气不足的热气球上，载着三位关系世界兴亡的科学家。

第一位是环保专家，他的研究可使无数人免于因环境污染而死亡的厄运。

第二位是核专家，他有能力防止全球性的核战争，使地球免于遭遇灭亡的绝境。

第三位是粮食专家，他能在不毛之地，运用专业知识成功地种植食物，使几千万人摆脱饥荒。

此刻热气球即将坠毁，必须丢出一个人以减轻载重，使其余的两人得以活存，请问该丢下哪一位科学家？

问题刊出之后，因为奖金数额巨大，信件如雪片飞来。

在这些信中，每个人皆竭尽所能地阐述他们认为必须丢下哪位科学家的宏观见解。

最后结果揭晓，巨额奖金的得主是一个小男孩。

他的答案是——将最胖的那位科学家丢出去。

启示：无论社会价值的大小，生命的价值是平等的，要学会尊重每一个生命。

"早安" 的力量

20世纪30年代，一位犹太传教士每天早晨总是按时到一条乡间土路上散步。无论见到什么人，总是热情地打一声招呼："早安。"

一个叫米勒的年轻农民对传教士这声问候反应冷漠，在当时，当地的居民对传教士和犹太人的态度是很不友好的。然而，年轻人的冷漠未曾改变传教士的热情，每天早上，他仍然给这个一脸冷漠的年轻人道一声早安。终于有一天，这个年轻人脱下帽子，也向传教士道了一声："早安。"

三年后，纳粹党上台执政。

这一天，传教士与村中所有的人被纳粹党集中起来送往集中营。在下火车后列队前行的时候，有一个手拿指挥棒的指挥官在前面挥动着棒子，叫道："左，右。"被指向左边的是死路一条，被指向右边的则还有生还的机会。

传教士的名字被这位指挥官点到了，他浑身颤抖，走上前去。当他无望地抬起头来，眼神一下子和指挥官的眼神相遇了。

传教士习惯地脱口而出："早安，米勒先生。"

米勒先生虽然没有过多的表情变化，但仍禁不住还了一句问候："早安。"声音低得只有他们两人才能听到。最后的结果是：传教士被指向了右边——意思是，生还者。

启示：人是很容易被感动的，而感动一个人靠的未必都是慷慨的施舍、巨大的投入。往往一个热情的问候、温馨的微笑，也足以在人的心灵中洒下一片阳光。

不要低估了一句话、一个微笑的作用，它很可能使一个不相识的人走进你，甚至爱上你，成为开启你幸福之门的一把钥匙，成为你走上柳暗花明之境的一盏明灯。有时候，"人缘"的获得就是这样"廉价"而简单。

 学会宽容

有一个坏脾气的男孩，他父亲给了他一袋钉子，并且要他每当发脾气的时候就钉一颗钉子在后院的围栏上。第一天，这个男孩钉下了37根钉子。慢慢地，每天钉下的数量减少了，他发现控制自己的脾气要比钉下那些钉子容易。终于有一天，这个男孩没有乱发脾气。他告诉了父亲他的改变。父亲又说，现在开始每当他能控制自己脾气的时候，就拔出一根钉子。一天天过去了，最后男孩告诉他的父亲说他终于把所有钉子都拔出来了。

父亲握着他的手来到后院说："你做得很好，我的好孩子，但是看看那些围栏上的洞。这些围栏将永远不能回复到从前的样子。你生气的时候说的话就像这些钉子一样会留下疤痕。如果你拿刀子捅别人一刀，不管你说了多少次对不起，那个伤口将永远存在。话语的伤痛就像刀子给人的伤痛一样令人无法承受。"

启示：人与人之间常常因为一些无法释怀的坚持，而对别人造成永远的伤害。如果我们都能从自己做起，开始宽容地看待他人，相信你一定能收到许多意想不到的结果。

❀ 大智的公孙弘

汉代公孙弘年轻时家贫，后来贵为丞相，但生活依然十分俭朴，吃饭只有一个荤菜，睡觉只盖普通棉被。就因为这样，大臣汲黯向汉武帝参了一本，批评公孙弘位列三公，有相当可观的俸禄，却只盖普通棉被，实质上是使诈以沽名钓誉。

汉武帝便问公孙弘："汲黯所说的都是事实吗?"公孙弘回答道："汲黯说得一点没错。满朝大臣中，他与我交情最好，也最了解我。今天他当着众人的面指责我，正是切中了我的要害。我位列三公却只盖棉被，生活水准和普通百姓一样，确实是故意装得清廉以沽名钓誉。如果不是汲黯忠心耿耿，陛下怎么会听到对我的这种批评呢?"汉武帝听了公孙弘的这一番话，反倒觉得他为人诚实，就更加尊重他了。

公孙弘面对汲黯的指责和汉武帝的询问，一句也不辩解，而且全都承认，这是何等的一种智慧呀！汲黯指责他"使诈以沽名钓誉"，无论他如何辩解，旁观者都已先入为主地认为他也许在继续"使诈"。公孙弘深知这个指责的分量，采取了十分高明的一招，不作任何辩解，承认自己沽名钓誉。这其实表明自己至少"现在没有使诈"，也就减轻了罪名的分量。公孙弘的高明之处，还在于对指责自己的人大加赞扬，认为他是"忠心耿耿"。这样一来，便给皇帝及同僚们这样的印象：公孙弘确实是"宰相肚里能撑船"。既然众人有了这样的心态，那么公孙弘就用不着去辩解沽名钓誉了，因为这不是什么政治野心，对皇帝构不成威胁，对同僚构不成伤害，只是个人对清名的一种癖好，无伤大雅。

启示：以退为进，是一种大智慧；不辩自明，也是一种极好的公关技巧。

水的精神

《老子》里说："上善若水。水善利万物而不争。处众人之所恶，故几于道。居善地，心善渊，与善仁，言善信，正善治，尹善能，动善时。夫唯不争，故无尤。"老子认为，有道德的上善之人，有像水一样的柔性。水的柔性是怎样的呢？水性柔顺，明能照物，滋养万物而不与万物相争，有功于万物而又甘心屈尊于万物之下。正因为这样，有道德的人，效法水的柔性，温良谦让，广泛施恩却不奢望报答。

老子弘扬水的精神，其实是在宣扬一种处世哲学，人与水一样，有极大的可塑性。水性柔而能变形：在海洋中是海洋之形，在江河中是江河之形，在杯盆中是杯盆之形，在瓶罐中是瓶罐之形。

启示："做人要厚道，办事要活套"，做到外圆内方，大智若愚，方能纵横于世。

小男孩和树的故事

　　从前有一棵树，她很爱一个小男孩。每天男孩都会跑来，收集她的叶子，把叶子编成皇冠，扮成森林里的国王。男孩会爬上树干，抓着树枝荡起秋千，吃吃苹果。他们会一起玩捉迷藏，玩累了，男孩就在他的树荫下睡觉。男孩好爱这棵树，树好快乐！

　　日子一天天地过去……男孩长大了，树常常觉得好孤单……

　　有一天男孩来到树下，树说："来啊，孩子，来，爬上我的树干，抓着我的树枝荡秋千，吃吃苹果，在我的树阴下玩耍，快快乐乐的。"

　　"我不是小孩子了，我不要爬树和玩耍，"男孩说，"我要买东西来玩，我要钱。你可以给我一些钱吗？"

　　"真抱歉，"树说，"我没有钱，我只有树叶和苹果。孩子，拿我的苹果到城里去卖。这样，你就会有钱，你就会快乐了。"

　　于是男孩爬到树上，摘下她的苹果，把苹果通通带走了。

　　树好快乐。

　　男孩好久没有再来……树好伤心。

　　有一天男孩回来了，树高兴得发抖，她说："来啊，孩子，爬上我的树干，抓着我的树枝荡秋千，快快乐乐的。"

　　"我太忙了，没时间爬树。"男孩说，"我想要一间房子保暖，"

　　"我想要妻子和小孩，所以我需要房子，你能给我一间房子吗？"小男孩接着说。

　　"我没有房子，"树说，"森林就是我的房子，不过你可以砍下我的树枝去盖房子，这样你就会快乐了。"

于是男孩砍下了她的树枝，把树枝带走去盖房子。

树好快乐。

可是男孩好久都没有再来，所以当男孩再回来时，树快乐得几乎说不出话来"来啊，孩子，"她轻轻地说，"过来，来玩啊！"

"我又老又伤心，玩不动了，"男孩说"我想要一条船，可以带我离开这里，你可以给我一艘船吗?"

"砍下我的树干去造船吧！这样你就可以远航……你就会快乐。"

于是男孩砍下她的树干造了条船，坐船走了。

树好快乐……过了好久好久那男孩又回来了。

"我很抱歉，孩子，"树说，"我已经没有东西可以给你了……"

"我的苹果没了。"

"我的牙齿也咬不动苹果了。"男孩说。

"我的树枝没了，你不能在上面荡秋千………"树说。

"我太老了，没有办法在树枝上荡秋千，"男孩说。

"我的树干没了，你不能爬………"树说。"我太累了，爬不动的。"男孩说。

"我真希望我能给你什么，可是我什么也没了，我只剩下一块老树干。我很抱歉……"

"我现在要的不多，"男孩说，"只要一个安静可以休息的地方，我好累好累。"

"好啊！"树一边说，一边努力挺直身子，"正好啊，老树根是最适合坐下来休息的。来啊，孩子，坐下来，坐下来休息。"

男孩坐了下来，树好快乐……

启示：那棵树就好像我们的爸爸、妈妈，我们就好像那个

受益终生的哲理故事

小男孩。小时候，我们总是围绕在爸爸、妈妈的周围玩耍。渐渐地，长大后会离开父母的身边，或者不常回来，而且每次回来就是不快乐的时候，不然就是有什么需要的时候，而父母常常都会把他们身上最好的、最符合我们需要的东西交给我们。可是，当他们孤单的时候我们在哪里？当他们需要我们的时候我们在哪里？百善孝为先——这是我们最不该忘记的做人的道理。

生命的长短

传说老子骑青牛过函谷关，在函谷府衙为府尹留下洋洋五千言《道德经》时，一位年逾百岁、鹤发童颜的老翁招招摇摇到府衙找他。老子在府衙前遇见老翁。

老翁对老子略略施了个礼说："听说先生博学多才，老朽愿向您讨教个明白。"

老翁得意地说："我今年已经106岁了。说实在话，我从年少直到现在，一直是游手好闲地轻松度日。与我同龄的人都纷纷作古，他们开垦百亩沃田却没有一席之地，修了万里长城而未享辚辚华盖，建了寺舍屋宇却落身于荒野郊外的孤坟。而我呢，虽一生不稼不穑，却还吃着五谷；虽没置过片砖只瓦，却仍然居住在避风挡雨的房舍中。先生，我是不是现在可以嘲笑他们忙忙碌碌劳作一生，只是给自己换来一个早逝呢？"

老子听了，微然一笑，吩咐府尹说："请找一块砖头和一块石头来。"

老子将砖头和石头放在老翁面前说："如果只能择其一，仙翁您是要砖头还是愿取石头？"

老翁得意地将砖头取来放在自己的面前说："我当然择取砖头。"

老子抚须笑着问老翁："为什么呢"？

老翁指着石头说："这石头没棱没角，取它何用？而砖头却用得着呢。"

老子又招呼围观的众人问："大家要石头还是要砖头？"众人都纷纷说要砖而不取石。

老子又回过头来问老翁："是石头寿命长呢，还是砖头寿命长？"老翁说："当然石头了。"

老子释然而笑说："石头寿命长人们却不择它，砖头寿命短，人们却择它，不过是有用和没用罢了。天地万物莫不如此。寿虽短，于人于天有益，天人皆择之，皆念之，短亦不短；寿虽长，于人于天无用，天人皆摒弃，倏忽忘之，长亦是短啊。"

老翁顿然大惭。

启示：生命在于质量，而不是单纯的长短。

生命不贬值

在一次讨论会上，一位著名的演说家没讲一句开场白，手里却高举着一张 20 美元的钞票问会议室的 200 个人。

"谁要这 20 美元？"一只只手举了起来。他接着说："我打算把这 20 美元送给你们中的一位，但在这之前，请准许我做一件事。"

他说着将钞票揉成一团，然后问："谁还要？"仍有人举起手来。

他又说："那么，假如我这样做又会怎么样呢？"他把钞票扔到地上，又踏上一只脚，并且用脚碾它。然后他拾起钞票，钞票已变得又脏又皱。

"现在谁还要？"还是有人举起手来。

"朋友们，你们已经上了一堂很有意义的课。无论我如何对待那张钞票，你们还是想要它，因为它并没贬值。它依旧值 20 美元。人生路上，我们会无数次被自己的决定或碰到的逆境击倒、欺凌甚至碾得粉身碎骨。我们觉得自己似乎一文不值。但无论发生什么，或将要发生什么，在上帝的眼中，你们永远不会丧失价值。在他看来，肮脏或洁净，衣着齐整或不齐整，你们依然是无价之宝。生命的价值不依赖我们所遭受的打击有多少，也不仰仗我们结交的人物，而是取决于我们本身！你们是独特的——永远不要忘记这一点！"

启示： 自我的价值要先受到自我的肯定才能体现出来。

昂起头来真美

珍妮是个总爱低着头的小女孩，因为她一直觉得自己长得不够漂亮。有一天，她到饰物店去买了只绿色蝴蝶结，店主不断赞美她戴上蝴蝶结漂亮，珍妮虽不信，但是挺高兴，不由昂起了头，急于让大家看看，连出门与人撞了一下都没在意。珍妮走进教室，迎面碰上了她的老师，"珍妮，你昂起头来真美！"老师爱抚地拍拍她的肩说。那一天，她得到了许多人的赞美。她想一定是蝴蝶结的功劳，可当她回到家往镜前一照，发现头上根本就没有蝴蝶结，原来早在出饰物店时蝴蝶结就被人一碰弄丢了。

自信原本就是一种美丽，而很多人却因为太在意外表而失去很多快乐。

启示：无论是贫穷还是富有，无论是貌若天仙，还是相貌平平，只要你昂起头来，自信都会使你变得可爱——人人都喜欢的那种可爱。

给生命画一片树叶

美国作家欧·亨利在他的小说《最后一片叶子》里讲了个故事：病房里，一个生命垂危的病人从房间里看见窗外的一棵树，它的叶子在秋风中一片片地掉落下来。病人望着眼前的萧萧落叶，身体也随之每况愈下，一天不如一天。她说："当树叶全部掉光时，我也就要死了。"一位老画家得知后，用彩笔画了一片叶脉青翠的树叶挂在树枝上。

最后一片"叶子"始终没掉下来。只因为生命中的这片绿叶，病人竟奇迹般地活了下来。

启示：人生可以没有很多东西，却唯独不能没有希望。希望是人类生活的一项重要的价值。有希望之处，生命就生生不息！

20 美金的时间

一位父亲下班回到家时已经很晚了，他很累并有点烦，他5岁的儿子靠在门旁等他。

"爸，我可以问你一个问题吗？""什么问题？""爸，你一小时可以赚多少钱？""这与你无关，你为什么问这个问题？"父亲生气地说。"我只是想知道，请告诉我，你一小时赚多少钱？"小孩哀求。"假如你一定要知道的话，我一小时赚20美金。""喔"小孩低下了头，接着又说，"爸，可以借我10美金吗？"父亲发怒了："如果你问这问题只是要借钱去买毫无意义的玩具的话，那我不会答应的，给我回到你的房间上床睡觉。好好想想为什么你会那么自私。我每天辛苦工作，没时间和你玩小孩子的游戏！"小孩安静地回自己房并关上门。约一小时后，父亲平静下来了，开始想他可能对孩子太凶了——或许孩子真的很想买什么东西，再说他平时也很少要过钱。父亲走进小孩的房间："你睡了吗，孩子？""爸，还没，我还醒着。"小孩回答。"我刚刚可能对你太凶了，"父亲说，"我将今天的气都爆发出来了——这是你要的10美金。""爸，谢谢你。"小孩欢叫着从枕头下拿出一些被弄皱的钞票，慢慢地数着。"为什么你已经有钱了还要？"父亲又有些生气地说。"因为这之前不够，但我现在足够了。"小孩回答，"爸，我现在有20美金了，我可以向你买一个小时的时间吗？明天请早一点回家——我想和你一起吃晚餐。"

启示：请与你所爱的人分享这价值20美金的时间——这只

是提醒辛苦工作的各位，我们应该多花一点时间来陪那些在乎我们、关心我们的人，工作与家人是同等重要的责任。

心愿

有一个老母亲一共有三个孩子，两个女儿特别能干孝顺，一个儿子有些窝囊无能。两个女儿常常塞钱给老母亲让她买好吃的，可老母亲又特别疼小孙子，于是常常把女儿给的钱又塞给了儿子，让他给小孙子买吃的。

邻居把这个秘密告诉了大女儿，大女儿说她给妈妈钱就是为了让妈妈高兴，她愿意怎么花就怎么花，如果妈妈把钱省给儿子和孙子能够换来开心的话，那这个钱就算花得值得。老母亲听了大女儿的话特别高兴，她说看着孙子吃比自己吃香多了。

过了一个月，二女儿回来了，她知道这个秘密后非常生气，于是她天天守在家里教训开导老母亲，规定她给自己买吃的买喝的，而且非要看着她吃下去不可，老母亲气得什么都吃不下，最后抑郁而死。

启示：当一个人做一件好事的时候，旁人考虑的可能是他这样做值不值得，这种付出有没有回报？然而这些都不重要，一个人拥有他想拥有的是最开心的，在人生的所有事情中，能够如愿是最重要的。

受益终生的哲理故事

宽 大

这是一个关于越战归来的士兵的故事。他从旧金山打电话给他的父母，告诉他们："爸妈，我回来了，可是我有个不情之请。我想带一个朋友同我一起回家。""当然好啊！"他们回答，"我们会很高兴见到他的。"

不过儿子又继续说："可是有件事我想先告诉你们，他在越战里受了重伤，少了一条胳臂和一只脚，他现在走投无路，我想请他回来和我们一起生活。"

"儿子，我很遗憾，不过或许我们可以帮他找个安身之处。"父亲又接着说，"儿子，像他这样残障的人会对我们的生活造成很大的负担。我们还有自己的生活要过，不能就让他这样破坏了。我建议你先回家然后忘了他，他会找到自己的一片天空的。"就在此时，儿子挂上了电话。

几天后，这对父母接到了来自旧金山警局的电话，告诉他们儿子已经坠楼身亡了，而且这只是单纯的自杀案件。于是他们伤心欲绝地飞往旧金山，并在警方带领之下到停尸间去辨认儿子的遗体。

那的确是他们的儿子没错，但惊讶的是，儿子居然只有一条胳臂和一条腿。

启示：故事中的父母就和我们大多数人一样。要去喜爱面貌姣好或谈吐风趣的人很容易，但是要喜欢那些给我们造成不便和不快的人却太难了。我们总是宁愿和那些不如我们健康、美丽或聪明的人保持距离。放下你的残酷吧，请无怨无悔地爱，无怨无悔地去接纳。

教 训

一位小学教师让班上每位学生讲个故事，然后说明故事的教训。

珍丽第一个说："我父亲有个农场，每星期我们把鸡蛋放进一个篮子运往市场，有一天，因为路面不平，篮子颠跛掉到地上，鸡蛋都碎了。故事的教训是，不要把所有的鸡蛋都放在一个篮子里。"

第二个说故事的是杰克："我爸爸也有一个农场，一天，我们把12只鸡蛋放进孵卵器，但只有8只孵出小鸡。故事的教训是，不要蛋未孵就数鸡，如意算盘往往不可靠。"

最后一个是彼得："我叔父打仗的时候是开飞机的，一次他被敌人击落，他用降落伞跳到一个偏僻小岛上，身边除了一瓶药用威士忌酒别无所有。叔父被12个敌人包围了，他喝下那瓶威士忌，然后赤手空拳把敌人都打死了。"

"真是了不起，"教师说，"但故事的教训是什么呢？"

比利说："叔父喝酒的时候，千万不要打扰他。"

启示：任何人只要做一点有用的事，总会得到一点报酬。这种报酬是经验，这是世界上最有价值的东西，也是人家抢不去的东西。

❀ 三棵树的故事

很久很久以前，小山丘的森林里有三棵树，他们兴奋地讨论着他们的愿望。

第一棵树说："我希望成为一个藏宝盒，盒中能够收藏黄金、白银以及各色珍贵宝石。我的身上被精工雕琢，每个人都赞美我的美丽。"

然后第二棵树接着说道："我要成为一艘大船，乘载各国国王与王后们渡过万水，到达世界的每个角落。每个人在我身上都感到安全，因为我有坚固的船舱。"

最后第三棵树说："我想要努力抽高，成为森林里最大最直的一棵树。人们会看到我在山的最高处，他们抬头仰望我的枝丫，思考天堂与神，我的伟大将是空前绝后，人们会永远记得我。"

接下来的几年，三棵树不断地祷告他们的梦想能够成真。直到有一天，一群伐木工人来到森林，有个工人看到第一棵树便说："这树看来很强壮，我应该能够把它卖给木匠。"说着就把树砍下来。第一棵树非常高兴，因为他知道木匠会把他造成一只藏宝箱。

在第二棵树前，另一个伐木工人说："这树看来很强壮，我应该能够把它卖给造船厂。"第二棵树很快乐，因为他知道他正踏向成为巨艇的路上。

当伐木工人来到第三棵树前，树非常惊恐，因为他知道一旦工人将他砍下，他的梦想将不复实现。有个工人说："我并不特别需要什么，所以我选这一株。"说着，就把第三棵树砍下了。

当第一棵树被送到木匠处之后，他被做成一个喂食槽。他被放在谷仓里，肚子里塞满了稻草。这并不是他所求的。

第二棵树被切割造成一只小船。他渴望成为巨艇，运载各国君王的梦想也随之破灭。

第三棵树被砍成几大段，扔掷在黑暗中。

数年过去了，树儿们早已忘却了自己当年的梦想。一天，一名男子和女子来到谷仓。女子在谷仓中分娩，并且将婴孩放置在喂食槽的稻草中。这槽便是用第一棵树所造的。第一棵树感受到这个事件的重要性，也知晓他怀中的婴孩，就是前所未有的稀世珍宝。

又过了数十年，有群人乘坐用第二棵树所建造的渔船，其中一人因疲累而入睡。正当他们出海时，忽有巨大风暴袭船，第二棵树觉得他再也支撑不住了。那群人慌张唤醒沉睡的男子，男子便起身对海涛斥声："静了吧！"怒涛便应声平息。这时候，第二棵树才知道他承载的是世上诸王之王。

最后，有人来拾去第三棵树。树被带过千巷万弄，当他们停下来后，一个人被钉上第三棵树，被高举在半空，然后在小丘顶上死去。当礼拜天到来，第三棵树豁然明白，他能够强壮地站立丘顶，被世人所仰望，是因为被钉在自己身上的人是耶酥。

启示：当事情发展不似你所祈求所希望时，要永远记得神在你身上有着计划。坚定的信仰会带给你美好的礼物。

 ## 强盗与赶车人

晚上，强盗躲在紧挨着大道附近的小树林里——他准备抢劫。

像一个冬天没吃过东西的熊一样，强盗用生气的眼睛扫视着田野。啊，一辆巨大的货车，货物堆得高高的！"太好了，"强盗咕哝道，"这一定是贵重的货，运到市场去的，我想一定全是绸缎布匹！哈哈，斯蒂夫，不要放过好机会，这一次要稳捞油水了，今天我不会白辛苦了。"

货车开过来了。"停车！"强盗吆喝着，他朝着赶车人的脑袋，结结实实地打过去一拳。可是，这回他可不只是和乡下佬较量力气，那赶车的又壮又棒，像块石头似的抵抗着攻击。战斗持久而猛烈：强盗被他的敌人打掉了足足12颗牙齿，一只手也被打断了，一只眼睛也被打瞎了。不过强盗终于在战争中取得了最后的胜利，他在战斗中杀死了赶车的人。然后他迫不及待地转过来抢东西，却发现今天他赢得的，不过是一车玩耍用的气球而已。

启示：人常常为了随时幻灭的泡影，不惜犯罪、作恶、惹麻烦。

❀ 赶 考

有位秀才第三次进京赶考，住在一个常住的店里。考试前一天他做了三个梦。第一个梦是自己在墙上种白菜；第二个梦是下雨天，他戴了斗笠还打伞；第三个梦是梦到跟心爱的表妹脱光了衣服躺在床上，但是背靠着背。这三个梦似乎有些深意，秀才第二天就赶紧去找算命的解梦。算命的一听，连拍大腿说："你还是回去吧。你想想，高墙上种菜不是白费劲吗？戴斗笠打雨伞不是多此一举吗？跟表妹都脱光了躺在一张床上了，却背靠背，不是没戏吗？"秀才一听，心灰意冷，回店收拾包袱准备回家。店老板非常奇怪，问："不是明天才考试吗，今天你怎么就回乡了？"秀才如此这般说了一番，店老板乐了："哟，我也会解梦的。我倒觉得，你这次一定要留下来。你想想，墙上种菜不是高种吗？戴斗笠打伞不是说明你这次有备无患吗？跟你表妹脱光了背靠背躺在床上，不是说明你翻身的时候就要到了吗？"秀才一听，更有道理，于是精神振奋地参加考试，结果中了个探花。

启示：积极的态度决定我们的生活，有什么样的想法，就有什么样的未来。

✿ 扩大两毫米

一个牙膏生产商家为了增加销售业绩，试了各种各样的办法，改换包装，促销，买一送一……可是销售业绩仍是平平。最后，一位刚来的大学生建议，把牙膏的口径扩大 2 毫米，这样用户的使用速度会加快，速度加快了购买周期肯定就会缩短，采取此方法后销售量自然就上升了。正如他所说，销售量上升了一大步。就是那微不足道的 2 毫米，居然打开了市场，获得了效益。那么人呢？人的心胸能不能再扩大一点，打开一点呢？

豁达不仅意味着一种超然，它更是一种智慧。豁达可以让世界海阔天空，豁达可以让争吵的朋友重归于好，豁达可以让多年的仇人化干戈为玉帛，豁达可以让兵戎相待的两国和平友好。俗话说，多一个朋友总比多一个敌人强，那么豁达就是这样的一种大智慧了。

启示：境由心生，打开你的心，世界会别有洞天。

 ## 认识自己生命中的 "沉香"

有一位富翁，垂垂老矣。一天，他把儿子叫到跟前，向儿子讲述了自己白手起家的故事，希望儿子也能奋发图强，靠自己的努力打出一番天下来。

儿子听了很感动，决定独自一人去寻找机会。他跋山涉水历尽艰辛，最后在热带雨林找到一种树木，这种树能散放一种无比的香气，放在水里不是像别的树一样浮在水面，而是沉到水底。他心想这一定是价值连城的宝物，就满怀信心地把香木运到市场去卖，可是却无人问津，为此他深感苦恼。当看到隔壁摊位上的木炭总是很快就能卖光时，他很快改变了自己的想法，他决定将香木变成木炭来卖。第二天，他果然就把香木烧成木炭，结果很快被一抢而空，这个结果令他十分高兴，就迫不及待地跑回家告诉他的父亲，但父亲听了他的话，却不由得老泪纵横。原来，被青年烧成木炭的香木，正是这个世界上最珍贵的树木——沉香，只要切下一块磨成粉屑，价值就超过了一车的木炭。

世人常犯的错误就是不能正确认知、坚守自己，而总是喜欢和别人比较。印度哲学大师奥修说："玫瑰就是玫瑰，莲花就是莲花，只要去看，不要比较。一味的比较最容易动摇我们的心志，改变我们的初衷。而比较的结果，使人不是自卑，就是自傲，总之是流于平庸。

建立在正确认知自己之上的坚持，就是一种超凡脱俗的智慧。"

　　启示：其实，每一个人都有一段"沉香"，但往往不能发现并珍惜它，反而对别人的木炭羡慕不已，最终的结果只能是利令智昏、本末倒置，让蝇头小利蒙蔽了自己的双眼。

抉　择

　　在一个村庄里，住着一位睿智的老人，村里有什么疑难问题都来向他请教。有一天，一个调皮的孩子想要故意为难那位老人。他捉了一只小鸟握在手掌中，跑去问老人："老爷爷，听说您是最有智慧的人，不过我却不相信。如果您能猜出我手中的鸟是活的还是死的，我就相信了。"

　　老人注视着小孩子狡黠的眼睛，心中有数，如果他回答小鸟是活的，小孩会暗中加劲把小鸟掐死；如果他回答是死的，小孩就会张开双手让小鸟飞走。老人拍了拍小孩的肩膀笑着说："这只小鸟的死活，就全看你的了!"

　　启示：人生就是一连串的抉择，每个人的前途与命运，完全掌握在自己手中，只要努力，终会有成。

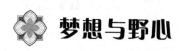

梦想与野心

　　有一群贫穷的美国孩子从未离开过自己生活的小镇，但他们为这样的梦想而激动——"我们要周游世界"!

这些靠救济生活的孩子打算通过在报上刊登募捐广告来筹集旅费。但是，高达1.2万美元的广告费从何而来？沉浸在梦想中的孩子们为实现自己的愿望，开始寻找所有力所能及的杂活，洗车、卖报、卖花，一美分一美分地为实现梦想而挣钱……

媒体报道了孩子们的壮举，篮球名将迈克尔·乔丹为之深深感动，于是他以圣诞老人的名义给孩子们寄来了一张1.2万美元的支票，孩子们精心设计的广告终于刊登出去了，结果他们收到了来自世界各地8000多封信，并且每天都有好心的捐款人出现。而让整个小镇沸腾的事是总统亲自来信，并邀请孩子们去白宫做客!

这是一个关于梦想的真实故事，也是一个关于野心的故事。一个人，如果终生没有梦想，没有野心，可能会活得平安，但他绝不会幸福，更感觉不到生活的价值，只能终生碌碌无为，平庸地度过一生。

启示：确确实实，有了梦想，有了野心，我们才会为了这个切切实实的价值去拼搏、去奋斗、去努力实现它。也许，多年后，我们发现，我们的野心最终不能完整地实现，可是，你更会发现，你比以前，已经走出了很远。

父亲的考题

儿子事业小有所成，一味追求金钱和成功而于家庭不顾。一天，父亲要给一向标榜自己心算能力很强的儿子出一道题。儿子有些奇怪，但也欣然接受。父亲念道："一辆载着457名旅客的列车驶进车站，这时先下来98人，又上去103人。"

儿子紧张的情绪松弛了下来。

"在下一站下去73人，又上去132人。"

儿子的嘴角挂了一丝微笑，开始把左腿压在了右腿上。

"在再下一站下去91人，上来67人。"

父亲拿着本子的手有些抖，念的速度也在加快。

"再下一站下去84人，上来65人；再下一站下去114人，上来37人；再下一站下去52人，上来97人。"父亲念得飞快并努力使每个发音都清楚。

儿子有些心疼起老父，关怀地问："完了吗？"

"没有，你听仔细了！"父亲接着说，"列车继续往前开。到了下一站，这是个小站，只下去10个人，又上来8个人；下一站也是个小站，下去6个上来9个。"父亲的态度很认真，儿子却觉得该结束了。

"再下一站又下去101个，上来18个；再下一站是终点站……"

还没等父亲说完，做儿子的就站起来："您是想马上就知道车上一共下来多少人吗？"儿子的口气中透着一股得意。

"不！"父亲微笑着说，"我只想知道这趟车究竟停靠了多少次站台？"

儿子一下子懵了。

父亲的语气变得严肃而沉重："人的一生不要只计算一辈子能积攒多少钱，一辈子做金钱的奴隶，钱再多死的时候也不能带走。应该留意人生的每一个站台，哪个站台付出的少，哪个站台得到的多，哪儿有欢乐，哪儿有痛苦，认真地体会人生的每个细节，这样你才算拥有实实在在的生活，才不枉活一世。"父亲拉着发呆的儿子的手说："不要太计较金钱的得失，也不要忘了做人的真谛！"

启示：人们总是因为金钱而忽略了更重要的东西，我们的社会已经有很多因此产生的悲剧。

 # 回报一只手的掌声

吉米·杜兰蒂是 20 世纪美国著名的喜剧演员。这是关于他的一个真实故事。

一次，有人邀请他加演一场给二战老兵的晚会。他告诉那人，他的日程安排得很满，他只能抽出几分钟的时间来表演一段独角戏，接着他就得离场赶赴其他的约会，如果他们能够接受的话，他就去表演。晚会的导演欣然答应了。

吉米在表演的时候，意想不到的事情发生了：时间早就过了他说的几分钟，可是他还站在台上继续表演，场下观众的掌声越来越热烈。15 分钟过去了，20 分钟过去了，30 分钟又过去了，吉米还在表演。终于，吉米最后鞠了一躬，离开了舞台。在后台，有人问他："不是只表演几分钟吗？发生了什么事？"

吉米说："是啊，我本该早走的，可是你自己去看看前排的观众，你就知道为什么了。"原来，前排坐着两个男人，他们在战争中都失去了一只手臂。一个失去了右臂，另一个失去了左臂。可是，他们合力鼓着掌，大声地鼓着掌，高兴地鼓着掌。

启示：当有人为你鼓掌时，也别忘了以你的方式回报他们。

保罗的圣诞节

这一年的圣诞节，保罗的哥哥送给他一辆新车作为圣诞节礼物。圣诞节的前一天，保罗从他的办公室出来时，看到街上一名男孩在他闪亮的新车旁走来走去，触摸它，满脸羡慕的神情。

保罗饶有兴趣地看着这个小男孩，从他的衣着来看，他的家庭显然不属于自己这个阶层，就在这时，小男孩抬起头，问道："先生，这是你的车吗？""是啊，"保罗说，"我哥哥给我的圣诞节礼物。"小男孩睁大了眼睛："你是说，这是你哥哥给你的，而你不用花一分钱？"保罗点点头。小男孩说："哇！我希望……"保罗以为小男孩会说也希望有一个这样的哥哥。但小男孩说出的却是："我希望自己也能当这样的哥哥。"

保罗深受感动地看着这个男孩，然后他问："要不要坐我的新车去兜风？"

小男孩惊喜万分地答应了。

逛了一会儿之后，小男孩转身对保罗说："先生，能不能麻烦你把车开到我家前面？"

保罗微微一笑，他理解小男孩的想法，坐一辆大而漂亮的车子回家，在小朋友的面前是很神气的事。但他又想错了。

"麻烦你停在两个台阶那里，等我一下好吗？"

小男孩跳下车，三步两步跑上台阶，进入屋内，不一会儿他出来了，并带着一个显然是他弟弟的小男孩，那位小男孩因患小儿麻痹症而跛着一只脚。他把弟弟安置在下边的台阶上，紧靠着坐下，然后指着保罗的车子说："看见了吗，就像我跟你说的一样，很漂亮对不对？这是他哥哥送给他的圣诞礼物，他不用花一分钱！将来有一天我也要送给你一部和这一样的车子，这样你就可以看到我一直跟你讲的橱窗里那些好看的圣诞礼物了。"

保罗的眼睛湿润了，他走下车子，将小弟弟抱到车子前排的座位上，他的哥哥眼睛里闪着喜悦的光芒，也爬了上来。于是三人开始了一次令人难忘的假日之旅。

启示：给予比接受真的令人更快乐。

 # 人生是一条曲线

先说第一个人。

他叫张朝南，乡村教师，朴实敦厚，典型的山里汉子。他有太多的事迹可以让那一方人永远记住他，为了二十几个学生能顺利上学读书，他变卖了所有的家当，住在学校里，苦苦地支撑着几个村唯一的小学。作为一个贫困偏远山区的民办教师，他的工资不仅少得可怜，而且被长年拖欠着，他甚至连家都没成。每年涨山洪的季节，他都要亲自去接送各村的学生，在危险地段，他更是背着学生趟过河水。他的事迹上过报纸，可除了得到一点虚名外，这些对于他，对于他的学校，没有带来丝毫的改变。

直到暴发那场最大的泥石流。那一次，张朝南在生死边缘走了无数次，救下了 21 名学生，却终有一个孩子被泥石流吞噬了生命。他自责自怨，无法面对那如花的生命在面前陨落。他觉得对不起教师这个称号，他连一个孩子稚嫩的生命都保护不了。那次灾难之后，他便放弃了教师的职业。

再讲讲第二个人。

此人叫凌厉。人如其名，他在那个圈子里绝对是人人谈之色变的人物。他是一个保镖，花高价雇他的人都对他极其放心。他的身手，十个经过专业训练的大汉也不是对手，他冷酷无情，对对手毫不心慈手软。在一场地下商业纷争中，他和雇主面对几十个人，他最终将雇主安全带回。这一事件，已成了保镖界的传奇与神话。

像凌厉这样的人，这样的人生，注定是充满着传奇和神话的。虽然他也曾有过太多次生死悬于一线的时刻，可他却把这些当成了一种刺激，那几年之中他到底当保镖赚到多少钱，没人计算得清。不过再美的神话也有落幕的时候，他终因遇人不淑，在拼死保护一个大毒贩时，被警方生擒。神话终结之后，是萧萧的铁窗生涯。

还剩下最后一个人。

这是一个地位尊崇的企业家，叫封平，年近半百开始创业，在短短几年内将一个小门面发展成大集团公司，让许多业内人士和记者惊为天人。是的，在当今竞争如此激烈残酷的现实之中，他能在几年之中迅速崛起，非是天才不能如此。年过六旬的封平事业如日中天，不过他却很低调，丝毫没有大富豪的派头和霸气。令人感到惊奇的是，他竟然是单身，不知是丧失了亲人还是终身未娶。只是听人说在他的办公桌上，摆着一张小女孩的照片，这也让人们平添了许多猜想。

然而，更令人难以置信的是，封平一夜之间出卖了集团中自己所有的股份，甚至，那些天文数字的财产他也全都捐了出去。这种做法，在国内是够惊世骇俗的了。有人说，他孤身一人，挣那么多钱也没人分享，自然捐了。可不管怎样，封平做到了，而且从此消失在人们的视线之中，连那些为挖新闻无孔不入的记者也寻不到他的踪迹，就像他从未曾出现过一样。

张朝南，凌厉，封平，三个人，三种人生，仿佛来自三个不同的时空，他们却震撼了太多的人。

现在，接着把这三个人的故事讲完。

张朝南不当教师以后，却依然惦记着山里的孩子，为他们的教育问题忧心。最后，他决定去城里打工，想多挣些钱以改变山里的教育现状。可是进城不久，他便发现了挣钱的艰难，而朴实的他也因钱的诱惑而慢慢偏离生命的正轨，开始为了快速挣钱而拼命。于是，保镖凌厉出现了。变成凌厉之后，他的钱挣得越来越多，每一次想收手时，都想着再干一次，终于身陷囹圄。十年刑满后，他出狱了，由于给太多的大老板当过贴身保镖，经历的商场事件也无人能及，他开始了自己的商场生涯，几年之后，企业家封平横空出世。他这次及时身退，这些年赚的钱被他捐出建了多少所希望小学，只有他自己知道。如今的他，正在一个遥远的山区，在一个崭新的希望小学里，做着迟缓的敲钟人。在他住处的桌子上，仍然摆着那个小女孩的照片，那女孩，就是在那场泥石流中逝去的学生。

启示：不忘初衷，及时悔过，便永远不晚。也许，更多的时候，人生走出的是一条曲线，终点又回到起点，生命才是最圆满的吧。

沉淀生命，沉淀自己

麦克失业后，心情糟透了，他找到了镇上的牧师。牧师听完了麦克的诉说，把他带进一个古旧的小屋，屋子里一张桌上放着一杯水。牧师微笑着说："你看这只杯子，它已经放在这儿很久了，几乎每天都有灰尘落在里面，但它依然澄清透明。你知道是为什么吗？"

麦克认真思索后，说："灰尘都沉淀到杯子底下了。"牧师赞同地点点头："年轻人，生活中烦心的事很多，就如掉在水中的灰尘，但是我们可以让他沉淀到水底，让水保持清澈透明，如果你不断地振荡，不多的灰尘就会使整杯水都浑浊一片，更令人烦心，影响我们的判断和情绪。"

如果我们能够静下心来，让痛苦沉淀在我们的心底，不管痛苦能不能消失，都只让它占有我们心里的一小片空间，那大部分的空间就会被幸福充实。过去，我们在匆忙和浮躁中，拼命地摇晃我们的生活，没有片刻的沉静，使我们的生活变得一片浑浊，使所有的幸福都掺杂了痛苦的成分。尤其是人在烦躁的时候，更容易疯狂地震荡自己，摇起满瓶的浑浊，于是我们时时感到痛苦、烦恼、焦虑，这不是因为痛苦多于幸福，而是我们用不恰当的方式，让痛苦像脱缰的野马，随意奔跑在我们生活的每一个角落。

启示： 让生命在运动中得以沉静，让心灵在浮躁中得以片刻宁静。把那些烦心的事当作每天必落的灰尘，慢慢地、静静地让它们沉淀下来，用宽广的胸怀容纳它们，我们的灵魂兴许会变得更加纯净，我们的心胸会变得更加豁达，我们的人生会更加快乐。

❀ 人 生

上帝创造了驴子，对它说："你从早到晚要不停地干活，背上还需要驮着重物。你吃的是草，而且缺乏智慧，你的生命将会有50年。"

驴子回答说："像这样的生命50年太长了，最好不要超过20年。"上帝答应了。

上帝创造了狗，对它说："你需要随时保持警惕，守护着你最好的伙伴——人类和他们的住所。你吃的是他们桌上的残食。你的生命是25年。"

狗回答说："像这样生活25年太长了，请您把我的生命改为10年吧。"上帝答应了狗的请求。

上帝创造了猴子，对它说："猴子，你悬挂在树上，像个白痴一样逗人发笑，你将活在世上20年。"

猴子眨眨眼睛回答说："主啊，如同小丑般活20年太长了，10年就够了。"上帝也答应了猴子的要求。

最后，上帝创造了人，告诉他："人，要有理性地活在这个世上，用你的智慧掌握一切、支配一切。人的生命为20年。"人听完后回答说："主啊，人只活20年太短了。请您把驴子拒绝的30年、狗拒绝的15年和猴子拒绝的10年都赐予我吧。"上帝同样答应了。

正如上帝安排的那样，人好好地活了开始的20年，接着成家立业，如同驴子一般，背着沉重的包袱拼命工作；然后，又像狗一样认真守护着自己的小孩，吃光他们碗里剩下的食物；但人老的时候，活得又像猴子一样，扮演小丑给孙子们取乐。或许，很多人就是这样走过他们的人生。一个人一生经历的事、遇到的事很多，会快乐，会难过，会高兴，会失望。人们总是在得与失中徘徊，但是人生最重要的是什么？当然是——快乐地享受每一天，珍惜自己所拥有的一切。也许会有遗憾，会有后悔，会有烦恼和忧愁，但那都是人生的一部分。

启示：活着，就一步一步好好向前走，永远不必苦苦询问自己都缺少了什么，那没有意义。人生的真谛：倘若没有一颗善于感悟的心，很容易就会与我们的生活失之交臂，让我们的生命暗淡无光。只有打开心灵的枷锁，清理自己的味蕾，细细地，每时每刻去品味，才能了解人生的滋味。

处 事 篇

关不住的袋鼠

有一天动物园管理员们发现袋鼠从笼子里跑出来了，大家一致认为是笼子的高度过低，所以他们决定将笼子的高度由原来的加高。结果第二天他们发现袋鼠还是跑到外面来，所以他们又决定再将高度加高。

没想到隔天居然又看到袋鼠全跑到外面，于是管理员们大为紧张，决定一不做二不休，将笼子的高度加高到以前的三倍。

一天，长颈鹿和几只袋鼠们在闲聊，"你们看，这些人会不会再继续加高你们的笼子？"长颈鹿问。

"很难说，"袋鼠说，"如果他们再继续忘记上锁的话！"

启示： 其实很多人都是这样，只知道有问题，却不能抓住问题的核心和根基。

 # 东坡的雪松

加拿大魁北克有一条南北走向的山谷。山谷没有什么特别之处，唯一能引人注意的是它的西坡长满松、柏、女贞等树，而东坡却只有雪松。这一奇异景色之谜，许多人不知所以，然而揭开这个谜的，竟是一对普通夫妇。

那是1993年的冬天，这对夫妇的婚姻正濒于破裂的边缘，为了找回昔日的爱情，他们打算做一次浪漫之旅，并决定如果能找回当初的感觉就继续生活，否则就友好分手。他们来到这个山谷的时候，下起了大雪，他们支起帐篷，望着满天飞舞的大雪，发现由于特殊的风向，东坡的雪总比西坡的大且密。不一会儿，雪松上就落了厚厚的一层雪。不过当雪积到一定程度，雪松那富有弹性的枝丫就会向下弯曲，直到雪从枝上滑落。这样反复地积，反复地积，反复地弯，反复地落，雪松完好无损。可其他的树，却因没有这个本领，树枝被压断了。妻子发现了这一景观，对丈夫说："东坡肯定也长过杂树，只是被大雪摧毁了。"一会儿，两人似乎突然明白了什么，拥抱在一起。

启示：生活中我们承受着来自各方面的压力，积累着终将让我们难以承受。这时候，我们需要像雪松那样弯下身来，释下重负，才能够重新挺立，避免压断的结局。弯曲，并不是低头或失败，而是一种弹性的生存方式，是一种生活的艺术。

受益终生的哲理故事

❖ 听的艺术

美国知名主持人林克莱特访问一名小朋友，问他："你长大后想要当什么呀？"小朋友天真的回答："我要当飞机的驾驶员！"林克莱特接着问："如果有一天，你的飞机飞到太平洋上空时所有引擎都熄火了，你会怎么办？"小朋友想了想："我会先告诉坐在飞机上的人绑好安全带，然后我挂上我的降落伞跳出去。"当在现场的观众笑得东倒西歪时，林克莱特继续注视着这孩子，想看他是不是自作聪明的家伙，于是接着问他说："为什么要这么做？"没想到，小孩的答案让所有人汗颜："我要去拿燃料，我还要回来！"

　　启示：当你听到别人说话时，你真的听懂他说的意思吗？如果不懂，就请听别人说完吧。千万不要把自己的意思，想当然地加在别人所说的话上头。

❖ 扁鹊的回答

　　魏文王问名医扁鹊说："你们家兄弟三人，都精于医术，到底哪一位最好呢？"

　　扁鹊答说："长兄最好，中兄次之，我最差。"

　　文王再问："那么为什么你最出名呢？"

　　扁鹊答说："我长兄治病，是治病于病情发作之前。由于一般人不知道他事先能铲除病因，所以他的名气不大。我中兄治病，是治病于病情初起之时。一般人以为他只能治轻微的小病，所以他的名气只限于本乡里。而我扁鹊治病，是治病于病情严重之时。一般人都看到我在经脉上穿针管来放血、在皮肤上敷药等大手术，所以以为我的医术高明，名气因此响遍全国。"

文王说："你说得好极了。"

启示：事后控制不如事中控制，事中控制不如事前控制，可惜大多数人都未能认识到这一点，不习惯于未雨绸缪，等到错误的决策造成了重大的损失才寻求弥补，有时已是亡羊补牢，为时已晚。

❖ 等待上帝

某个小村落，下了一场非常大的雨，洪水开始淹没全村。一位神父在教堂里祈祷，眼看洪水已经淹到他跪着的膝盖了。一个救生员驾着舢板来到教堂，跟神父说："神父，赶快上来吧！不然洪水会把你淹死的！"神父说："不！我深信上帝会来救我的，你先去救别人好了。"过了不久，洪水已经淹过神父的胸口了，神父只好勉强站在祭坛上。这时，又有一个警察开着快艇过来，跟神父说："神父，快上来，不然你真的会被淹死的！"神父说："不，我要守住我的教堂，我相信上帝一定会来救我的。你还是先去救别人好了。"又过了一会，洪水已经把整个教堂淹没了，神父只好紧紧抓住教堂顶端的十字架。一架直升飞机缓缓地飞过来，飞行员丢下了绳梯之后大叫：

"神父，快上来，这是最后的机会了，我们可不愿意见到你被洪水淹死!!"神父还是意志坚定地说："不，我要守住我的教堂! 上帝一定会来救我的。你还是先去救别人好了。上帝会与我共在的!!"洪水滚滚而来，固执的神父最终被淹死了……神父上了天堂，见到上帝后很生气地质问："主啊，我终生奉献自己，战战兢兢地侍奉您，为什么你不肯救我!"上帝说："我怎么不肯救你? 第一次，我派了舢板来救你，你不要，我以为你担心舢板危险；第二次，我又派一只快艇去，你还是不要；第三次，我再派一架直升飞机来救你，结果你还是不愿意接受。所以，我以为你急着想要回到我的身边来，可以好好陪我。"

启示：其实，生命中太多的障碍，皆是由于过度的固执与愚昧的无知所造成。在别人伸出援手之际，别忘了，唯有我们自己也愿意伸出手来，人家才能帮得上忙!

脱掉弄脏的外套

一个女孩毫无道理地被老板炒了鱿鱼。中午，她坐在单位喷泉旁边的一条长椅上黯然神伤。这时她发现不远处一个小男孩站在她的身后咯咯地笑，她就好奇地问小男孩："你笑什么呢?""这条长椅的椅背是早晨刚刚漆过的，我想看看你站起来时背是什么样子。"小男孩说话时一脸得意的神情。

女孩一怔，猛地想到：昔日那些刻薄的同事不正和这小家伙一样躲在我的身后想窥探我的失败和落魄吗? 我决不能让他们的用心得逞，我决不能丢掉我的志气和尊严！

女孩想了想，指着前面对那个小男孩说，你看那里，那里有很多人在放风筝呢。等小男孩发觉自己受骗而恼怒地转过脸时，女孩已经把外套脱了拿在手里，她身上穿的鹅黄的毛线衣让她看起来更加青春漂亮。小男孩甩甩手，嘟着嘴，失望地走了。

启示：生活中的失意随处可见，真的就如那些油漆未干的椅背在不经意间让你苦恼不已。但是如果已经坐上了，也别沮丧，以一种"猝然临之而不惊，无故加之而不怒"的心态面对，脱掉你脆弱的外套，你会发现，新的生活才刚刚开始！

 **做自己**

著名专栏作家哈理斯和朋友在报摊上买报纸，那朋友礼貌地对报贩说了声"谢谢"，但报贩却一副冷脸，没发一言。

"这家伙态度很差，是不是？"他们继续前行时，哈理斯问道。

"他每天晚上都是这样的。"朋友说。

"那么你为什么还是对他那么客气？"哈理斯问他。

朋友答道："为什么么我要让他决定我的行为？"

启示：生活的态度要自己掌控，不要让旁人不好的情绪感染到你。

永远的坐票

有一个人经常出差，但经常买不到对号入座的车票。可是无论长途短途，无论车上多挤，他总能找到座位。他的办法其实很简单，就是耐心地一节车厢一节车厢找过去。这个办法听上去似乎并不高明，但却很管用。每次，他都做好了从第一节车厢走到最后一节车厢的准备，可是每次他都用不着走到最后就会发现空位。他说，这是因为像他这样锲而不舍找座位的乘客实在不多。经常是在他落座的车厢里尚余若干座位，而在其他车厢的过道和车厢接头处，居然人满为患。他说，大多数乘客轻易就被一两节车厢拥挤的表面现象迷惑了，不大细想在数十次停靠之中，从火车十几个车门上上下下的流动中蕴藏着不少提供座位的机遇；即使想到了，他们也没有那一份寻找的耐心。眼前一方小小立足之地很容易让大多数人满足，为了一两个座位背负着行囊挤来挤去有些人也觉得不值。他们还担心万一找不到座位，回头连个好好站着的地方也没有了。与生活中一些安于现状、不思进取、害怕失败的人，永远只能滞留在没有成功的起点上一样，这些不愿主动找座位的乘客大多只能在上车时最初的落脚之处一直站到下车。

启示：自信、执著、富有远见、勤于实践，会让你握有一张人生旅途中永远的坐票。

一个人是正确的，他的世界也是正确的

一个牧师正在准备讲道的稿子，他的小儿子却在一边吵闹不休。牧师无可奈何，便随手拾起一本旧杂志，把色彩鲜艳的插图——一幅世界地图，撕成碎片，丢在地上，说道："小约翰，如果你能拼好这张地图，我就给你2角5分钱。"牧师以为这样会使约翰花费一上午的时间，但是没过10分钟，儿子又来敲他的房门。牧师看到约翰如此之快地拼好了一幅世界地图，感到十分惊奇："孩子，你怎么这样快就拼好了地图?""啊，"小约翰说，"这很容易。在另一面有一个人的照片，我就把这个人的照片拼到一起，然后把它翻过来。我想如果这个人是正确的，那么，这个世界也就是正确的。"牧师微笑起来，给了他的儿子2角5分钱。"你替我准备了明天讲道的题目：如果一个人是正确的，他的世界也就会是正确的。"

启示：如果你想改变你的世界，改变你的生活，首先就应改变你自己。如果你的心理态度是积极的，你的生活也会是快乐的；如果你心理态度是消极的，那么，生活也会是忧伤的。

 # 装罐子

在一次上时间管理的课上，教授在桌子上放了一个装水的罐子，然后又从桌子下面拿出一些正好可以从罐口放进罐子里的鹅卵

受益终生的哲理故事

石。当教授把石块放完后问他的学生道："你们说这罐子是不是满的?"

"是，"所有的学生异口同声地回答说。"真的吗?"教授笑着问。然后再从桌底下拿出一袋碎石子，把碎石子从罐口倒下去，摇一摇，再加一些，再问学生："你们说，这罐子现在是不是满的?"这回他的学生不敢回答得太快。最后班上有位学生怯生生地细声回答道："也许没满。"

"很好!"教授说完后，又从桌下拿出一袋沙子，慢慢地倒进罐子里。倒完后，于是再问班上的学生："现在你们再告诉我，这个罐子是满的呢，还是没满?"

"没有满，"全班同学这下学乖了，大家很有信心地回答说。"好极了!"教授再一次称赞这些"孺子可教"的学生们。称赞完了后，教授从桌底下拿出一大瓶水，把水倒在看起来已经被鹅卵石、小碎石、沙子填满了的罐子。当这些事都做完之后，教授正色问他班上的同学："我们从上面这些事情得到什么重要的启示?"

班上一阵沉默，然后一位自以为聪明的学生回答说："无论我们的工作多忙，行程排得多满，如果要逼一下的话，还是可以多做些事的。"这位学生回答完后心中很得意地想："这门课到底讲的是时间管理啊!"

教授听到这样的回答后，点了点头，微笑道："答案不错，但并不是我要告诉你们的重要信息。"说到这里，这位教授故意顿住，用眼睛向全班同学扫了一遍说："我想告诉各位最重要的信息是，如果你不先将大的鹅卵石放进罐子里去，你也许以后永远没机会把它们再放进去了。"

启示：对于工作中林林总总的事件可以按重要性和紧急性

的不同组合确定处理的先后顺序。我们要做到鹅卵石、碎石子、沙子、水都能放到罐子里去，对于人生旅途中出现的事件也应如此处理。也就是平常所说的处在哪一年龄段要完成哪一年龄段应完成的事，否则，时过境迁，到了下一年龄段就很难有机会补救。

❀ 庄子的故事

一天，庄子和他的学生在山上看见一棵参天古木因为人们嫌它高大无用而免遭砍伐，于是庄子感叹说："这棵树恰好因为它不成材而能享有天年。"

晚上，庄子和他的学生到他的一位朋友家中作客。主人殷勤好客，便吩咐家里的仆人说："家里有两只雁，一只会叫，一只不会叫，将那一只不会叫的雁杀了来招待我们的客人。"

庄子的学生听了很疑惑，向庄子问道："老师，山里的巨木因为无用而保存了下来，家里养的雁却因不会叫而丧失性命，我们该采取什么样的准则来对待这有用和无用的事物呢？"

庄子回答说："还是因事而异吧，虽然这之间的分寸太难掌握了，而且也不符合人生的规律，但已经可以避免许多争端而足以应付人世了。"

启示：世间并没有一成不变的准则。面对不同的事物，我们需要不同的评判标准。对于人才的管理尤其明显。一个对其他企业相当有用的人对自己来说不一定有用，而把一个看似无用的人摆正地方也许就能为你创造出你意想不到的收益。

选　择

有一个富翁得了重病，已经无药可救，而唯一的独生子此刻又远在异乡。他知道自己死期将近，但又害怕贪婪的仆人侵占财产，便立下了一份令人不解的遗嘱："我的儿子仅可从财产中先选择一项，其余的皆送给我的仆人。"富翁死后，仆人便欢欢喜喜地拿着遗嘱去寻找主人的儿子。

富翁的儿子看完了遗嘱，想了一想，就对仆人说："我决定选择一样，就是你。"聪明儿子立刻得到了父亲所有的财产。

启示："射人先射马，擒贼先擒王"，把握住得胜的关键则会收到事半功倍的效果，处理危机的关键在于破解病因的源头。在从事任何事情之前，先想一想事情的原委，你可以更加的清醒。

一颗钉子毁掉一个帝国

西方流传这样一首民谣：

丢失一个钉子，坏了一只蹄铁；

坏了一只蹄铁，折了一匹战马；

折了一匹战马，伤了一位骑士；

伤了一位骑士，输了一场战斗；

输了一场战斗，亡了一个帝国。

马蹄铁上一个钉子是否会丢失，本是十分微小的变化，但其"长期"效应却关系着一个帝国的存亡。这就是军事和政治领域中的所谓"蝴蝶效应"。

启示：行事一定要防微杜渐，看似一些极微小的事情却有可能造成集体内部的分崩离析，那时岂不是悔之晚矣？要知道，横过深谷的吊桥，常从一根细线拴个小石头开始，小问题其实是大关键。

为何而气

有一个妇人，特别喜欢为一些琐碎的小事生气。她也知道自己这样不好，便去求一位高僧为自己谈禅说道，开阔心胸。

高僧听了她的讲述，一言不发地把她领到一座禅房中，落锁而去。

妇人气得跳脚大骂。骂了许久，高僧也不理会。妇人又开始哀求，高僧仍置若罔闻。妇人终于沉默了。高僧来到门外，问她："你还生气吗？"

妇人说："我只为我自己生气，我怎么会到这地方来受这份罪。"

"连自己都不原谅的人怎么能心如止水？"高僧拂袖而去。

过了一会儿，高僧又问她："还生气吗？"

"不生气了。"妇人说。

"为什么?"

"气也没有办法呀。"

"你的气并未消逝,还压在心里,爆发后将会更加强烈。"高僧又离开了。

高僧第三次来到门前,妇人告诉他:"我不生气了,因为不值得气。"

"还知道值不值得,可见心中还有衡量,还是有气根。"高僧笑道。

当高僧的身影迎着夕阳立在门外时,妇人问高僧:"大师,到底什么是气?"

高僧将手中的茶水倾洒于地,待茶水自然蒸干。妇人视之良久,顿悟,叩谢而去。

启示:何苦要气?气是用别人的过错来惩罚自己的蠢行。夕阳如金,皎月如银,人生的幸福和快乐尚且享受不尽,哪里还有时间去气呢?

不合理的账单

一家建筑公司的经理忽然收到一份购买两只小白鼠的账单,不由好生奇怪。一打听才知道原来这两只老鼠是他的一个部下买的。他把那部下叫来,问他为什么要买两只小白鼠。

部下答道:"上星期我们公司去修的那所房子,要安装新电线。我们要把电线穿过一根 10 米长、但直径只有 2.5 厘米的管道,而且管道是砌在砖石里，并且弯了4个弯。我们当中谁也想不出怎么让电线穿过去，最后我想了一个好主意。

"我到一个商店买来两只小白鼠，一公一母。然后我把一根线绑在公鼠身上并把它放到管子的一端，另一名工作人员则把那只母鼠放到管子的另一端，逗它吱吱叫。公鼠听到母鼠的叫声，便沿着管子跑去救它。公鼠沿着管子跑，身后的那根线也被拖着跑。我把电线拴在线上，小公鼠就拉着线和电线跑过了整个管道。"

启示：想象力是科学的神秘附属物，也是处事必备的智慧。没有做不到，只有想不到。

 聪明者的答案

一家银行招聘会计主任，面试时只有一道十分简单的考题：一加一等于几？

所有抢着回答的人均没有被录用。只有一个默不作声的应聘者入选了。原来，他等众人散去之后，关上房间的门窗，凑到经理的耳边问道："您看应该是多少？"

启示：处大事者，须深沉详察。幽默的人，有可能在处事拘谨者未曾想到的地方获得成功。

爱的故事

从前有一个小岛，上面住着快乐、悲哀、知识和爱，还有其他各类情感。

一天，情感们得知小岛快要下沉了，于是，大家都准备船只，离开小岛。只有爱留了下来，她想要坚持到最后一刻。

过了几天，小岛真的要下沉了，爱想请人帮忙。

这时，富裕乘着一艘大船经过。

爱说："富裕，你能带我走吗？"

富裕答道："不，我的船上有许多金银财宝，没有你的位置。"

爱看见虚荣在一艘华丽的小船上，说："虚荣，帮帮我吧！"

"我帮不了你，你全身都湿透了，会弄坏了我这漂亮的小船。"

悲哀过来了，爱想她求助："悲哀，让我跟你走吧！"

"哦……爱，我实在太悲哀了，想自己一个人呆一会！"悲哀答道。

快乐走过爱的身边，但是她太快乐了，竟然没有听到爱在叫她！

突然，一个声音传来："过来！爱，我带你走。"

这是一位长者。爱大喜过望，竟忘了问他的名字。登上陆地以后，长者独自走开了。

爱对长者感恩不尽，问另一位长者说："帮我的那个人是谁？"

"他是时间。"知识老人答道。

"时间？"爱问道，"为什么他要帮我？"

知识老人笑道："因为只有时间才能理解爱有多么伟大。"

启示：在对待有关"爱"的问题时，我们是否考虑了太多实际上无法证明爱的因素呢？

心中的顽石

从前有一户人家的菜园里摆着一块大石头，到菜园的人，不小心就会踢到那一块大石头，不是跌倒就是擦伤。儿子问："爸爸，那块讨厌的石头，为什么不把它挖走？"爸爸回答："那块石头从你爷爷时代就一直放在那儿了，它的体积那么大，不知道要挖到什么时候，没事无聊挖石头，不如走路小心一点，还可以训练你的反应能力。"过了几年，这块大石头留到下一代，当时的儿子娶了媳妇，当了爸爸。有一天媳妇气愤地对公公说："爸爸，菜园那块大石头，我越看越不顺眼，改天请人搬走好了。"

爸爸回答说："算了吧！那块大石头很重的，可以搬走的话在我小时候就搬走了，哪会让它留到现在啊？"媳妇心底非常不是滋味，那块大石头不知道让她跌倒多少次了。有一天早上，媳妇带着锄头和一桶水，将整桶水倒在大石头的四周，媳妇用锄头把大石头四周的泥土搅松。她本以为要花很长时间，没想到几分钟就把石头挖起来了，看看大小，这块石头没有想象的那么大，都是被大家印象中的外表蒙骗了。

启示：你抱着下坡的想法爬山，便无从爬上山去。如果你的世界沉闷而无望，那是因为你自己沉闷无望。改变你的世界，必先改变你自己的心态。

❀ 提醒自我

有个老太太坐在马路边望着不远处的一堵高墙，总觉得它马上就会倒塌，见有人向墙边走过去，她就善意地提醒道："那堵墙要倒了，远着点走吧。"被提醒的人不解地看着她，大模大样地顺着墙根走过去了——那堵墙没有倒。老太太很生气："怎么不听我的话呢?!"又有人走来，老太太又予以劝告。三天过去了，许多人在墙边走过去，并没有遇上危险。第四天，老太太感到有些奇怪，又有些失望，不由自主便走到墙根下仔细观看，然而就在此时，墙倒了，老太太被掩埋在灰尘砖石中，气绝身亡。

　　启示：提醒别人时往往很容易、很清醒，但能做到时刻清醒地提醒自己却很难。所以说，许多危险来源于自身，老太太的悲哀则由此而生。

❀ 习　惯

一根小小的柱子，一截细细的链子，拴得住一头千斤重的大象，这不荒谬吗? 可这荒谬的场景在印度和秦国随处可见。那些驯象人在大象还是小象的时候，就用一条铁链将它绑在水泥柱或钢柱上，无论小象怎么挣扎都无法挣脱。小象渐渐地习惯了不挣扎，直到长成了大象，可以轻而易举地挣脱链子时，也不挣扎了。

启示：不要让错误的习惯绑住了你。

 弯 腰

耶稣带着他的门徒彼得远行，途中发现一块破烂的马蹄铁，耶稣就让彼得把它捡起来。不料彼得懒得弯腰假装没听见，耶稣没说什么就自己弯腰捡起马蹄铁，用它从铁匠那儿换来 3 文钱，用这钱买了 18 颗樱桃。出了城，两人继续前进，经过的全是茫茫的荒野。耶稣猜到彼得渴得够呛，就让藏于袖中的樱桃悄悄地掉出一颗，彼得一见，赶紧捡起来吃。耶稣边走边丢，彼得也就狼狈地弯了 18 次腰。于是耶稣笑着对他说："要是你刚才弯一次腰，就不会在后来没完没了地弯腰。小事不干，将来就会在更小的事情上操劳。"

启示：不去弯腰或疏于弯腰，是糊涂；而耻于弯腰者，肯定是傻子！

 误会杀死狗

早年在美国阿拉斯加，有一个年轻人，他的太太因难产而死，遗下一孩子。他忙于生活因没有人帮忙看孩子，就驯养了一只狗，那狗聪明听话，能照顾小孩，还能咬着奶瓶喂奶给孩子喝，抚养孩子。

有一天，主人出门去了，叫它照顾孩子。

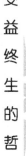

他到了别的乡村，因遇大雪，当日不能回来。第二天赶回家时，狗立即闻声出来迎接主人。他把房门打开一看，到处是血，抬头一望，床上也是血，孩子不见了，狗在身边，满口也是血，主人看到这种情形，以为狗性发作，把孩子吃掉了，大怒之下，拿起刀来向着狗头一劈，把狗杀死了。之后，忽然听到孩子的声音，又见孩子从床下爬了出来，于是抱起孩子，发现孩子身上有血，但并未受伤。

他很奇怪，不知究竟是怎么一回事，再看看狗身，狗腿上的肉没有了，他在后门外发现有一只狼，口里还咬着狗的肉，原来是狗救了小主人，却被主人误杀了。

启示：误会一开始，即一直只想到对方的千错万错，因此，会使误会越陷越深，弄到不可收拾的地步。人对无知的动物小狗发生误会，尚且会有如此可怕严重的后果，人与人之间发生如此的误会，则其后果更是难以想象。

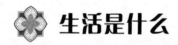

生活是什么

一位满脸愁容的生意人来到智慧老人的面前。

"先生，我急需您的帮助。虽然我很富有，但人人都对我横眉冷对。生活真像一场充满尔虞我诈的厮杀。"

"那你就停止厮杀呗。"老人回答他。

生意人对这样的告诫感到无所适从，他带着失望离开了老人。在接下来的几个月里，他情绪变得糟糕透了，与身边每一个人都会发生争吵，由此结下了不少冤家。一年以后，他变得心力交瘁，再也无力与人一争长短了。

"哎，先生，现在我不想跟人家斗了。但是，生活还是如此沉重
———它真是一副重重的担子呀。"

"那你就把担子卸掉呗。"老人回答。

生意人对这样的回答很气愤，怒气冲冲地走了。在接下来的一
年当中，他的生意遭遇了挫折，并最终丧失了所有的家当。妻子带
着孩子离他而去，他变得一贫如洗、孤立无援，于是他再一次向这
位老人讨教。

"先生，我现在已经两手空空、一无所有，生活里只剩下了悲
伤。"

"那就不要悲伤呗。"生意人似乎已经预料到会有这样的回答，
这一次他既没有失望也没有生气，而是选择在老人居住的那个山里
住了下来。

有一天他突然悲从中来，伤心地号啕大哭了起来。最后，他哭
累了，抬起头，早晨温煦的阳光正普照着大地。

他又来到了老人那里："先生，生活到底是什么呢?"

老人抬头看了看天，微笑着回答道："一觉醒来又是新的一天，
你没看见那每日都照常升起的太阳吗?"

启示：生活到底是沉重的，还是轻松的? 这全依赖于我们
怎么去看待它。生活中会遇到各种烦恼，如果你摆脱不了它，
那它就会如影随形地伴随在你左右，生活就成了一副重重的担
子。"一觉醒来又是新的一天，太阳不是每日都照常升起吗?"
放下烦恼和忧愁，生活原来可以如此简单。

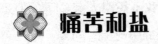 痛苦和盐

有一个师傅对于徒弟不停地抱怨这抱怨那感到非常厌烦，于是他想出一个办法来点悟一下。

有一天早上他派徒弟去取一些盐回来。当徒弟很不情愿地把盐取回来后，师傅让徒弟把盐倒进水杯里喝下去，然后问他味道如何。徒弟吐了出来，说："很苦。"师傅笑着让徒弟带着一些盐和自己一起去湖边。他们一路上没有说话。来到湖边后，师傅让徒弟把盐撒进湖水里，然后对徒弟说："现在你喝点湖水。"徒弟喝了口湖水。

师傅问："有什么味道？"

徒弟回答："很清凉。"

师傅问："尝到咸味了吗？"

徒弟说："没有。"

师傅笑笑，走开了。徒弟似乎也明白了什么。

启示：人生的苦痛如同这些盐有一定数量，既不会多也不会少。我们承受痛苦的容积的大小决定痛苦的程度。所以当你感到痛苦的时候，就把你的承受的容积放大些，不是一杯水，而是一个湖。

导盲犬

约翰正要过马路，他看到一个盲人正带着他的导盲犬也要过马路。

约翰看到在绿灯时，那只狗不带它的主人过马路，却在它主人的裤子上尿尿。不料，那盲人却把手伸进口袋，拿了一片饼干喂给狗吃。

约翰很惊讶，对盲人说："如果那是我的狗，我一定会踢它的屁股。"盲人听了，非常镇静地回答说："是啊，我是要踢它，但是我必须要先找到它的头啊！"

启示：每个人的自身情况不同，难免做事方式也会不同，不要对别人的行为感到疑惑或嘲笑，所谓异曲同工，方法只是一种手段，重要的是你能否达到目的。很多时候，在我们在完成任务时强调的是结果而不是过程，因此，找到适合自己的方法和手段才是最重要的。

真理是怀疑的影子

这是一件真实而又引人深思的小事。

不久前，一位法国教育心理学专家，给法国的小学生和上海的小学生先后出了下面这道完全一样的测试题：一艘船上有86头牛，

34 只羊，问：这艘船的船长年纪有多大？

法国小学生的回答情况是，超过 90% 的同学提出了异议，认为这道测试题根本没办法回答，甚至嘲笑问题的"愚蠢"。显而易见，这些学生的回答是对的。上海小学生的回答情况恰恰相反：有 80% 的同学认真地做出了答案，86 − 34 = 52 岁。只有 10% 的同学认为此题非常荒谬，无法解答。做出正确回答的同学竟然只有 10%！

这位法国教育心理学专家很惊讶，两国的小学生为什么会出现这么大的差别呢？他通过对上海这 80% 小学生的调查后发现，他们之所以做出"正确"的答案，是因为他们坚信不疑地认为："老师平时教育我们，只有对问题做出回答，才可能得分；不做的话，就连一分也得不到。老师出的题总是对的，总是有标准答案的，不可能没办法做，也不可能没有答案。"

法国教育心理学专家在总结这两次测试的时候，引用了下面的几句话：

第一句话是笛卡儿说的：怀疑就是方法。

第二句话是法拉第说的：在学术上不盲从大师，他应当重事不重人，真理应当是他的首要目标。

第三句话是爱因斯坦说的：科学发现的过程是一个由好奇、疑虑开始的飞跃。

启示：只有敢于怀疑，才能减少盲从，真理是怀疑的影子。

上帝借走了我的眼镜

半个多世纪以前，确切地说，是 1945 年的春季。在美国，一天，一名华裔木匠正在赶着做一批板条箱，那是当地教堂用来装衣服运到中国去救助孤儿的。干完活回家的路上，木匠伸手到他的衬衣口袋里去摸他的眼镜，突然发现他的眼镜不见了。木匠急得出了一身汗，在脑子里把他这一天做过的事细细地过滤了一遍，最终意识到可能在他不注意的时候，眼镜从衬衫口袋里滑落出去，掉进了他正在钉钉子的板条箱里。他又急又恼又无可奈何。当时美国正值大萧条时期，木匠要养活6个孩子，生活非常吃紧，而那副眼镜是他花了20美元买来的。木匠为要重新买一副眼镜而伤心不已："这不公平。"在回家途中，他沮丧万分，不停地嘀咕。

半年后，抗日战争胜利，中国孤儿院的院长———一位美国传教士，回美国休假，并拜访了木匠所在的芝加哥地区的那所小教堂。传教士一开始讲话，就热情地感谢那些援助过孤儿的人们。"最后，"他加重语气说，"我必须感谢去年你们送给我的那副眼镜。大家知道，日本人扫荡了孤儿院，毁坏了所有的东西，包括我的眼镜，我当时几乎绝望了。就算我有钱，在当时也没法重新配一副眼镜。由于眼睛看不清楚，我开始天天头疼，我和我的同事天天祈祷着能有一副眼镜出现。然后，你们的箱子就运到了。当我的同事打开箱盖，他们发现一副眼镜躺在那些衣服上。""各位朋友，当我戴上那副眼镜，我发现它就像是为我定做的一样！我的世界顿时清晰，头也不疼了。我要感谢你们，是你们为我做了这一切！"人们听着，纷纷为那副奇迹般的眼镜而欢欣，但是他们同时也在想，这位传教士老兄肯定搞错了，我们可没有送过他眼镜啊———在当初的援助物资目录上，压根儿没有眼镜这一项。只有一个人清楚这是怎么一回事。他静静地站在后排，眼泪流到了脸上。在所有的人当中，只有这个普通的木匠知道，上帝是以怎样奇特的方式创造了奇迹。"原来，是上帝借走了我的眼镜，送给了他认为更需要的人。"木匠双手合十，默默祈祷，泪水打湿了他的双手。

启示：如果你也丢失了一样东西，不如就相信它是被上帝借走了吧——不用自责或是懊恼，如果它能被找到，那终有一天你会再拥有它，如果没有可能找到了，那就把时间花在接下来要做的事上，你会有办法找另一件东西取代它。

聊天的角度

有两个妇人在聊天，其中一个问道："你儿子还好吧？""别提了，真是不幸哦！"这个妇人叹息道，"他实在够可怜，娶个媳妇懒得要命，不烧饭、不扫地、不洗衣服、不带孩子，整天就是睡觉，我儿子还要端早餐到她的床上呢！""那女儿呢？""那她可就好命了。"妇人满脸笑容，"他嫁了一个不错的丈夫，不让他做家事，全部都由先生一手包办，煮饭、洗衣、扫地、带孩子，而且每天早上还端早点到床上给她吃呢！"

启示：同样的状况，但是当我们从我的角度去看时，就会产生不同的心态。站在别人的立场看一看，或换个角度想一想，很多事就不一样了，你可以有更大的包容，也会有更多的爱。

上帝选的天使

有几个小孩很想当天使，上帝为了考验他们，给了他们一人一个烛台，要他们每天把烛台擦亮，结果一天天过去了，上帝都没来看他们，于是有些小孩就不再擦拭那烛台。有一天上帝突然造访，只有一个烛台是干干净净、明明亮亮的，那是被大家叫做笨小孩的烛台，因为上帝没来，他也每天都擦拭。结果这个笨小孩成了天使。

启示：如果你也想得到上帝的青睐，只要实实在在做事就可以了。

 # 顺其自然

禅院的草地上一片枯黄，小和尚看在眼里，对师父说："师父，快撒点草籽吧！这草地太难看了。"

师父说："不着急，什么时候有空了，我去买一些草籽。什么时候都能撒，急什么呢？"

中秋的时候，师父把草籽买回来，交给小和尚，对他说："去吧，把草籽撒在地上。"起风了，小和尚一边撒，草籽一边飘。

"不好，许多草籽都被吹走了！"

师父说："没关系，吹走的多半是空的，撒下去也发不了芽。担什么心呢？随性！"

草籽撒上了，许多麻雀飞来，在地上专挑饱满的草籽吃。小和

受益终生的哲理故事

尚看见了，惊慌地说："不好，草籽都被小鸟吃了！这下完了，明年这片地就没有小草了。"

师父说："没关系，草籽多，小鸟是吃不完的，你就放心吧，明年这里一定会有小草的！"

夜里下起了大雨，小和尚一直不能入睡，他心里暗暗担心草籽被冲走。第二天早上，他早早跑出了禅房，果然地上的草籽都不见了。于是他马上跑进师父的禅房说："师父，昨晚一场大雨把地上的草籽都冲走了，怎么办呀？"

师父不慌不忙地说："不用着急，草籽被冲到哪里就在哪里发芽。随缘！"

不久，许多青翠的草苗果然破土而出，原来没有撒到的一些角落里居然也长出了许多青翠的小苗。

小和尚高兴地对师父说："师父，太好了，我种的草长出来了！"

师父点点头说："随喜！"

这位师父真是位懂得真正乐趣之人。凡是顺其自然，不必刻意强求，反倒能有一番收获。

启示：为求一份尽善尽美，人们绞尽脑汁，殚精竭虑。而每遇关系重大、情形复杂的状况，更是为之寝食难安。其实，就如我们遇上难越的坎儿，与其百般思量，不如顺其自然，反倒能够柳暗花明又一村。

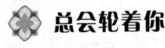

总会轮着你

银行内有许多窗口。每个窗口，都站满了人。

人们总是有意识地排到队伍最短的窗口去，那样可以节约时间。有时，你是幸运的，但很多时候，队伍排得短，并不意味着很快就能轮到你。也许在你的前面，有几个人记不住密码，他们会一遍遍地按，甚至要求挂失；还有人要取很多钱，工作人员会忙上半天，或者，他们会和工作人员争吵起来，没完没了。此时，其他窗口的处理速度反而显得更快了。

于是，你会后悔自己站错了队，想换一个队伍，但是已经来不及了。

还有更可气的，你进了大厅，认准一个窗口，排啊排，终于轮到自己了，但工作人员告诉你："对不起，用信用卡取钱请到其他窗口。"

排队其实就像人生，在我们的面前有很多未可知的因素。

你站队的时候，不可能知道前面的人存钱、取钱需要多长时间。就如我们的人生长度取决于许多因素，自己并不能左右。

启示：我们必须有豁达的胸怀、平静的心态，选择队伍时，要考虑到别人可能很快超过你，他们得到自己想要的，吹着口哨离开了，但你无法重来，你只能慢慢等着，需要耐心；我们还要有从头再来的勇气，假如你排错了队，你不能气馁，请看准哪个才是真正适合你的窗口，不要一错再错。慢慢排着，总会轮到你。

一顿早餐

一个人刚入禅门，在第二天吃早餐的时候就迫不及待地向老禅师请教问题：

第一，我们的灵魂能不能不朽呢？

第二，我们的身体一定会化为乌有吗？

第三，我们真的会投胎转世吗？

第四，我们如果能投胎转世，那么能不能保留这一世的记忆呢？

第五，禅能让我们解脱生死吗？

……

这个人一口气问了老禅师十几个问题，还要再准备问下去时，却被老禅师的一句话打断了：

"你的早餐已经凉了。"

启示：踏踏实实过好每一刻，比不切实际的设计与妄想更有意义。

低下头就能看见美丽

几米的《希望井》中有这样一段话："掉落深井，我大声呼喊，等待救援……天黑了，黯然低头，才发现水面满是闪烁的星光。我在最深的绝望里，遇见最美丽的惊喜。"

几米用诗意盎然的语言写出了耐人寻味的哲理，给我们以启迪。

人生不会风平浪静，生活不会一帆风顺。任何时候都有可能出现困境，这时候，你应该学会低下头看一看。

当事业陷入低潮时，没有了指点江山的豪迈，没有了一呼百应的威风。何必无措？低下头，你可以看见亲情的温暖。当这份温暖支持你走出困境时，低下头，你又将会看见自己收获了乐观的性格和坚韧的品质。谁能说，这不是一份美丽？

当学业出现困难时，何必惊慌？低下头，你看见师长的耐心指导、友人的殷切鼓励。当学业进步时，你又将收获努力后丰收的喜悦。又有谁能说，这不是一份美丽？

启示：掉落深井，低下头，就能看见美丽的星光。在人生的路上，在困境面前，换个角度，用新的视线捕捉，一份美丽的惊喜将会照亮你的心，照亮你前进的路。

匪夷所思的柯蒂键盘

不知你留意过没有，我们眼下使用的电脑，键盘上的 26 个英文字母，都是以 Q 开始至 M 结束。从学习英文字母那天起，我们都是遵循从 A 到 Z 的顺序读取的。那么，电脑输入键盘为什么不按常规排位呢？

现今通用的电脑输入键盘，排列成倒梯形的字母方阵，首行的前六个字母是 QWERTY，一般称作柯蒂组合式键盘。追溯起来，它的产生和定位并不是出于先进的创意，而是由于当年材料工艺和机械工艺水平落后。制造商们退而求其次的无奈之举。

第一台打字机问世之初，其键盘原本是按英文字母的顺序排位的，而且键距尽可能地缩小。但在实际使用过程中发现，一旦击键速度太快，连接按键的金属杆就会相互干扰，发生卡键现象。打出的字迹也混乱模糊。打字员不得不停顿下来，用手将粘连在一起的字键分开，才能继续操作，从而严重影响了打字速度。为此，公司时常收到客户的投诉。

受当时材料工艺和机械工艺的限制，设计师和工程师们很难解决卡键问题。走投无路之际，有一位工程师提出，既然我们无法提高字键的弹回速度，不如想办法降低打字员击键速度。降低击键速度的方法很多，最简单的就是打乱 26 个字母的排列顺序，把使用频率较高的字母摆在较笨拙的手指下，把不常用的字母排在灵活度较高的手指下。这样一来，打字的速度明显降低，卡键问题便迎刃而解，于是便有了现在这样一种匪夷所思的排键方式。

柯蒂组合式键盘，尽管是以"在不卡键的前提下尽量提高打字速度"为理念，但它毕竟是以牺牲打字速度来解决机械故障问题的，因此在它诞生后，萧尔斯公司不好意思告知客户柯蒂组合式键盘的键位排列真相，于是就想出一个促销花招，欺骗公众说，这样的排位是为了提高打字效率而经过科学计算的。但在实际应用中，柯蒂键盘用户特别是打字入门者感到非常不便。大多数人打字惯用右手，但他们的左手却负担了 57% 的工作量。两小指及无名指是最没力气的指头，却要频频地使用它们。排在中列的字母，其使用率仅占整个打字工作的 30% 左右，因此为了打一个字，时常要上上下下移动指头，效率很低。

进入 20 世纪以后，有人开始注意到这个问题了。柯蒂键盘不仅打乱了英文字母的常规排序，而且毫无逻辑可言，笨拙得让人难以理解。一位打字机博物馆官员说："实际上这是个弥天大谎。从数学角度分析，字母的任何一种偶然的排列，也比现在这种排列方式强。"谁也没想到，萧尔斯公司的这个弥天大谎一忽悠就是 100 多年，真可谓"有史以来最大的骗局之一"。

随着材料工艺和机械工艺的发展，卡键的问题完全不存在了，字键的弹回速度远远超过了打字员的击键速度。于是，人们相继设计出了更加科学的键盘，众多高速打字键盘应运而生，速度要比柯蒂键盘快多了。最著名的就是 Windows 内置的"DVORAK"键盘。奥古斯特·德沃夏克教授设计的这种键盘，由于不再考虑按键机械结构问题，所以键位排列完全按照自动化的击键率分布设计。手指运动的行程比柯蒂键盘要小得多，平均打字速度几乎提高了一倍。

然而，人们似乎已经习惯了萧尔斯排列法，新式键盘再好，却怎么也不能为人们所接受。更令人不可思议的是，那些没有采用萧尔斯键盘布局制造打字机的公司，都一家接一家地破产了，这不能不说是世界打字机史上的一个奇迹。现如今，"QWERTY"键位不仅应用在电脑 101 标准键盘上，很多智能手机、PDA 等便携设备也都采用了这种键盘，几乎涵盖了所有电子产品的打字输入、排版系统。在现代科技日新月异的今天，设计笨拙的柯蒂键盘仍然大行其道，如同方向盘一样，几乎成了一种文化标志。

启示：由此可见，习惯的力量是多么顽固，有时，就连高科技也拿它没办法。那我们就尽量多养成好的习惯吧。

授人以欲

一位作家到乡间体验生活，看到一位老农正在给牛喂草料。奇怪的是，老农并没有把草料铺在地上，而是全部铲到了小屋的屋檐上。看着牛辛苦地伸长脖子够草料吃，作家疑惑："干嘛不把草料放在它方便吃的地方呢?"老农说:"唉,这种草草质不好,我要是放在地上,这家伙只怕吃两口就不肯再吃了;放到屋檐上,让它每吃一口都觉得不容易,它反而会努力去吃,直到吃光为止。"果不其然,这头牛在吃完了靠近屋檐的草料后,竟然跳起来去舔更远处的草料,直到全部嚼完方才罢休。作家顿悟:"动物和人一样,太容易得到了就不懂得珍惜,不容易得到的东西,反而更想努力地去获得。这种'求之不得,辗转反侧'的求索欲望,最能激发一个人不达目的不罢休的干劲和斗志。"

启示:授人以鱼,不如授人以渔;授人以渔,不如授人以欲。

职 场 篇

 ## 割草工的电话

一个替人割草打工的男孩打电话给一位陈太太说："您需不需要割草?"陈太太回答说："不需要了，我已请了割草工。"男孩又说："我会帮您拔掉花丛中的杂草。"陈太太回答："我的割草工也做了。"男孩又说："我会帮您把草与走道的四周割齐。"陈太太说："我请的那人也已做了，谢谢你，我不需要新的割草工人。"男孩便挂了电话，此时男孩的室友问他说："你不是就在陈太太那割草打工吗? 为什么还要打这电话?"男孩说："我只是想知道我做得有多好!"

启示：只有不断地探询客户的评价，你才有可能知道自己做得如何或者还有哪些没有做到。

价值与价格

目前，公司征求业务人员，其中一位应征者资历显赫，对于公司来说，有小庙容不了大佛的顾虑，因此公司都不抱太大的希望，面谈时，也很诚实地告诉他，依据公司规定，无法给予太高的薪水。原以为他会就此打住，没想到他竟然愿意接受不到他原来薪水一半的条件，这让公司有点意外。正式上班后，他也没有表现出从大企业来的骄傲，准时上班，清楚填写报表，勤跑客户，过了不久他的业绩远远超乎大家原本的预期，于是在最短的时间内，公司破格让他晋升，而且大幅度加薪，自此，他也更加卖力，为公司创造了更好的业绩。

了解之后才知道：原来他在前一家公司任主管，工作相当顺利，薪水也十分满意，原以为可以衣食无忧，没想到公司投资失败，老板不知去向，让他们哭诉无门。期间，他也曾经因为薪水无法与自己所要求的相符而怨天尤人，总认为自己是怀才不遇。但在经历了一段时间的挫折与沉淀之后，他选择了重新出发，也重新体会到价值与价格的差异。

启示：他领悟，价格是被人给予的，随时可以拿走，价值却是自己创造的，任谁也无法带来。

智猪博弈

有一个故事讲的是：猪圈里有两头猪，一头大猪，一头小猪。

猪圈的一边有一个踏板，每踩一下踏板，在远离踏板的猪圈的另一边的投食口就会落下少量的食物。如果有一只猪去踩踏板，另一只猪就有机会抢先吃到另一边落下的食物。当小猪踩动踏板时，大猪会在小猪跑到食槽之前刚好吃光所有的食物；若是大猪踩动了踏板，则还有机会在小猪吃完落下的食物之前跑到食槽，争吃到另一半残羹。

那么，两只猪各会采取什么策略？答案是：小猪将选择"搭便车"策略，也就是舒舒服服地等在食槽边；而大猪则为一点残羹不知疲倦地奔忙于踏板和食槽之间。

原因何在？因为，小猪踩踏板将一无所获，小猪不踩踏板反而能吃上食物。对小猪而言，无论大猪是否踩动踏板，小猪不踩踏板总是好的选择。反观大猪，已明知小猪是不会去踩动踏板的，自己亲自去踩踏板总比不踩强吧，所以只好亲历亲为了。

"小猪躺着大猪跑"的现象是由于故事中的游戏规则所导致的。规则的核心指标是：每次落下的事物数量和踏板与投食口之间的距离。

如果改变一下核心指标，猪圈里还会出现同样的"小猪躺着大猪跑"的景象吗？试试看。

改变方案一：减量方案。投食仅为原来的一半分量。结果是小猪大猪都不去踩踏板了。小猪去踩，大猪将会把食物吃完；大猪去踩，小猪将也会把食物吃完。谁去踩踏板，就意味着为对方贡献食物，所以谁也不会有踩踏板的动力了。

如果目的是想让猪们去多踩踏板，这个游戏规则的设计显然是失败的。

改变方案二：增量方案。投食为原来的一倍分量。结果是小猪、大猪都会去踩踏板。谁想吃，谁就会去踩踏板。反正对方不会一次把食物吃完。小猪和大猪相当于生活在物质相对丰富的"共产主义"社会，所以竞争意识却不会很强。

对于游戏规则的设计者来说，这个规则的成本相当高（每次提供双份的食物）；而且因为竞争不强烈，想让猪们去多踩踏板的效果并不好。

改变方案三：减量加移位方案。投食仅为原来的一半分量，但同时将投食口移到踏板附近。结果呢，小猪和大猪都在拼命地抢着踩踏板。等待者不得食，而多劳者多得。每次的收获刚好消费完。

对于游戏设计者，这是一个最好的方案。成本不高，但是收获最大。

原版的"智猪博弈"故事给了竞争中的弱者（小猪）以等待为最佳策略的启发。但是对于社会而言，因为小猪未能参与竞争，小猪搭便车时的社会资源配置并不是最佳状态。为使资源最有效配置，规则的设计者是不愿看见有人搭便车的，政府如此，公司的老板也是如此。而能否完全杜绝"搭便车"现象，就要看游戏规则的核心指标设置是否合适了。

比如，公司的激励制度设计，奖励力度太大，又是持股，又是期权，公司职员个个都成了百万富翁，成本高不说，员工的积极性并不一定很高。这相当于"智猪博弈"增量方案所描述的情形。但是如果奖励力度不大，而且见者有份（不劳动的"小猪"也有），一度十分努力的大猪也不会有动力了——就像"智猪博弈"减量方案所描述的情形。最好的激励机制设计就像改变方案三——减量加移位的办法，奖励并非人人有份，而是直接针对个人（如业务按比例提成），既节约了成本（对公司而言），又消除了"搭便车"现象，能实现有效的激励。

启示：许多人并未读过"智猪博弈"的故事，但是却在自觉地使用小猪的策略。股市上等待庄家抬轿的散户；等待产业市场中出现具有赢利能力新产品、继而大举仿制牟取暴利的游资；公司里不创造效益但分享成果的人，等等。因此，对于制订各种经济管理的游戏规则的人，必须深谙"智猪博弈"指标改变的个中道理。

长两寸的裤子

阿东明天要参加小学毕业典礼，他高高兴兴上街买了条裤子准备第二天穿，可惜裤子长了两寸。吃晚饭的时候，趁奶奶、妈妈和嫂子都在场，阿东把裤子长两寸的问题说了一下，饭桌上大家都没有反应。饭后大家都去忙自己的事情，这件事情就没有再被提起。

妈妈睡得比较晚，临睡前想起儿子明天要穿的裤子还长两寸，于是就悄悄地一个人把裤子剪好叠好放回原处。半夜里，狂风大作，窗户"哐"的一声关上把嫂子惊醒，猛然醒悟到小叔子裤子长两寸，自己辈分最小，怎么得也是自己去做了，于是披衣起床将裤子处理好才又安然入睡。老奶奶觉轻，每天一大早醒来给小孙子做早饭上学，趁水未开的时候也想起孙子的裤子长两寸，马上快刀斩乱麻。

最后阿东只好穿着短四寸的裤子去参加毕业典礼了。

启示：一个团队仅有良好的愿望和热情是不够的，要积极引导并靠明确的规则来分工协作，这样才能把大家的力量形成合力，管理一个项目如此，管理一个部门也是如此。

爱若和布若的故事

爱若和布若同时受雇于一家超级市场，开始时大家都一样，从最底层干起。可不久爱若受到总经理的青睐，一再被提升，从领班直到部门经理。布若却像被人遗忘了一般，还在最底层混。终于有一天布若忍无可忍，向总经理提出辞呈，并痛斥总经理用人不公平。总经理耐心地听着，他了解这个小伙子，工作肯吃苦，但就是缺少了点什么，缺什么呢？

他忽然有了个主意。"布若先生，"总经理说，"请您马上到集市上去看看今天有什么卖的。"布若很快从集市回来，说集市上只有一个农民拉了一车土豆在卖。"一车大约有多少袋，多少斤？"总经理问。布若又跑去，回来说有 10 袋。"价格多少？"布若再次跑到集上。总经理望着跑得气喘吁吁的他说："请休息一会吧，你可以看看爱若是怎么做的。"说完叫来爱若对他说："爱若先生，请你马上到集市上去，看看今天有什么卖的。"爱若很快从集市回来了，汇报说到现在为止只有一个农民在卖土豆，有 10 袋，价格适中，质量很好，他带回几个让经理看。这个农民过一会儿还将弄几筐西红柿上市，据他看价格还公道，可以进一些货。他还带回了几个土豆作样品，而且还把那个农民也带来了，他现在正在外面等回话呢。

总经理看了一眼红了脸的布若，说："请他进来。"爱若由于比布若多想了几步，于是在工作上取得了成功。

启示：人要善于观察、学习、思考和总结，仅仅靠一味地苦干奋斗，埋头拉车而不抬头看路，结果常常是原地踏步，收效甚微。

卖梳子

有一家效益相当好的大公司，为扩大经营规模，决定高薪招聘营销主管。广告一打出来，报名者云集。

面对众多应聘者，招聘工作的负责人说："相马不如赛马，为了能选拔出高素质的人才，我们出一道实践性的试题：就是想办法把木梳尽量多的卖给和尚。"绝大多数应聘者感到困惑不解，甚至有人觉得：出家人要木梳何用？这不明摆着拿人开涮吗？于是纷纷拂袖而去，最后只剩下三个应聘者：甲、乙、丙。负责人交代："以10日为限，届时向我汇报销售成果。"

10日到。负责人问甲："卖出多少把？"答："1把。""怎么卖的？"甲讲述了历尽的辛苦，游说和尚应当买把梳子，无甚效果，还惨遭和尚的责骂，好在下山途中遇到一个小和尚一边晒太阳，一边使劲挠着头皮。甲灵机一动，递上木梳，小和尚用后满心欢喜，于是买下一把。

负责人问乙："卖出多少把？"答："10把。""怎么卖的？"乙说他去了一座名山古寺，由于山高风大，进香者的头发都被吹乱了，他找到寺院的住持说："蓬头垢面是对佛的不敬。应在每座庙的香案前放把木梳，供善男信女梳理鬓发。"住持采纳了他的建议。那山有10座庙，于是买下了10把木梳。

负责人问丙："卖出多少把？"答："1000把。"负责人惊问："怎么卖的?"丙说他到一个颇具盛名、香火极旺的深山宝刹,朝圣者、施主络绎不绝。丙对住持说:"凡来进香参观者,多有一颗虔诚之心,宝刹应有所回赠,以做纪念,保佑其平安吉祥,鼓励其多做善事。我有一批木梳,您的书法超群,可刻上'积善梳'三个字,便可做赠品。"住持大喜,立即买下1000把木梳。得到"积善梳"的施主与香客也很是高兴,一传十、十传百,朝圣者更多,香火更旺。

启示: 把木梳卖给和尚,听起来真有些匪夷所思,但不同的思维,不同的推销术,却有不同的结果。在别人认为不可能的地方开发出新的市场来,那才是真正的营销高手。

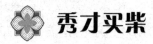
秀才买柴

有一个秀才去买柴,他对卖柴的人说:"荷薪者过来!"卖柴的人听不懂"荷薪者"(担柴的人)三个字,但是听得懂"过来"两个字,于是把柴担到秀才前面。

秀才问他:"其价如何?"卖柴的人听不太懂这句话,但是听得懂"价"这个字,于是就告诉秀才价钱。秀才接着说:"外实而内虚,烟多而焰少,请损之。(你的木材外表是干的,里头却是湿的,燃烧起来,会浓烟多而火焰小,请减些价钱吧。)"卖柴的人因为听不懂秀才的话,于是担着柴就走了。

启示: 管理者平时最好用简单的语言、易懂的言词来传达信息,而且对于说话的对象、时机要有所掌握,有时过分的修饰反而达不到想要完成的目的。

❀ 分　粥

有七个人住在一起，他们每天分一大桶粥。可是，粥每天都是不够分的。一开始，他们抓阄决定谁来分粥，每天轮一个。于是乎每周下来，他们只有一天是饱的，就是自己分粥的那一天。后来他们推选出一个道德高尚的人出来分粥。然而，强权就会产生腐败，大家开始挖空心思去讨好那个人，贿赂他，搞得整个小团体乌烟瘴气。然后大家开始组成三人的分粥委员会及四人的评选委员会，但他们常常互相攻击，到头来，粥吃到嘴里全是凉的。最后想出来一个方法：轮流分粥，但分粥的人要等其他人都挑完后拿剩下的最后一碗。为了不让自己吃到最少的，每人都尽量分得平均，大家快快乐乐，和和气气，日子越过越好。

　　启示：同样是七个人，不同的分配制度，就会有不同的风气。所以一个单位如果有不好的工作习气，一定是机制问题，一定是没有完全公平公正公开，没有严格的奖勤罚懒。如何制订这样一个制度，是每个领导者需要考虑的问题。

❀ 猴子取食

美国加利福尼亚大学的学者做了这样一个实验：把 6 只猴子分别关在 3 间空房子里，每间两只，房子里分别放着一定数量的食物，

但放的位置高度不一样。第一间房子的食物就放在地上，第二间房子的食物分别从易到难悬挂在不同高度的适当位置上，第三间房子的食物悬挂在房顶。数日后，他们发现第一间房子的猴子一死一伤，伤的缺了耳朵断了腿，奄奄一息。第三间房子的猴子也死了。只有第二间房子的猴子活得好好的。

究其原因，第一间房子的两只猴子一进房间就看到了地上的食物，于是，为了争夺唾手可得的食物而大动干戈，结果伤的伤，死的死。第三间房子的猴子虽做了努力，但因食物太高，难度过大，够不着，被活活饿死了。只有第二间房子的两只猴子先是各自凭着自己的本能蹦跳取食，最后，随着悬挂食物高度的增加，难度增大，两只猴子只有协作才能取得食物，于是，一只猴子托起另一只猴子跳起取食。这样，每天都能取得够吃的食物，很好的活了下来。做的虽是猴子取食的实验，但在一定程度上也说明了人才与岗位的关系。

启示：岗位难度过低，人人能干，体现不出能力与水平，选拔不出人才，反倒成了内耗式的位子争斗甚至残杀。岗位的难度太大，虽努力而不能及，甚至埋没、抹杀了人才。岗位的难度要适当，循序渐进，这样，才能真正体现出能力与水平，发挥人的能动性和智慧。同时，相互间的依存关系使人才间相互协作，共渡难关。

 两个和尚挑水

有两个和尚分别住在相邻的两座山上的庙里。这两座山之间有一条溪，于是这两个和尚每天都会在同一时间下山去溪边挑水，久而久之他们成为好朋友。就这样，时间不知不觉过了五年。突然有一天左边这座山的和尚没有下山挑水，右边那座山的和尚心想："他大概睡过头了。"便不以为意。

哪知道第二天左边这座山的和尚还是没有下山挑水，第三天也一样。过了一个星期还是一样，直到过了一个月右边那座山的和尚终于受不了，他心想："我的朋友可能生病了，我要过去拜访他，看看能帮上什么忙。"于是他便爬上了左边这座山，去探望他的老朋友。

等他到了左边这座山的庙，看到他的老友之后大吃一惊，因为他的老友正在庙前打太极拳，一点也不像一个月没喝水的人。他很好奇地问："你已经一个月没有下山挑水了，难道你可以不用喝水吗？"左边这座山的和尚说："来来来，我带你去看。"于是他带着右边那座山的和尚走到庙的后院，指着一口井说："这五年来，我每天做完事后都会抽空挖这口井，即使有时很忙，能挖多少就算多少。如今终于让我挖出井水，我就不用再下山挑水，我可以有更多时间练我喜欢的太极拳。"

启示：我们在公司领的薪水再多，那都是挑水。而把握下班后的时间挖一口属于自己的井，当年纪大了，体力拼不过年轻人了，才会还有水喝，而且喝得很悠闲。

 **鹦鹉老板**

一个人去买鹦鹉，看到一只鹦鹉前标着：此鹦鹉会两门语言，

售价 200 元。另一只鹦鹉前则标道：此鹦鹉会 4 门语言，售价 400 元。该买哪只呢？两只都毛色光鲜，非常灵活可爱。这人转啊转，拿不定主意。结果突然发现一只老掉了牙的鹦鹉，毛色暗淡散乱，标价 800 元。这人赶紧将老板叫来："这只鹦鹉是不是会说 8 门语言？"店主说："不。"这人奇怪了："那为什么又老又丑，又没有能力，会值这个数呢？"店主回答："因为另外两只鹦鹉叫这只鹦鹉老板。"

启示：真正的领导人，不一定自己能力有多强，只要懂信任、懂放权、懂珍惜，就能团结出比自己更强的力量，从而提升自己的身价。相反许多能力非常强的人却因为过于完美主义，事必躬亲，认为什么人都不如自己，最后只能做最好的公关人员、销售代表，成不了优秀的领导人。

说 "不" 的好处

一位记者去一家乡镇企业采访，那位在当地小有名气的企业家、该企业董事长正坐在办公室生闷气。原来，上午在董事会上他再次提出上果汁生产项目，但又被否决了。

聊起企业的管理问题，他连连抱怨现在的企业越来越难管了。他说："企业刚创立的时候，虽然规模小，员工文化素质也不高，但干什么都比较顺心，我指东，没有人往西。现在倒好，规模上去了，效益也翻了几番，又招进了大批高学历的人才，按说，工作应该更得心应手了，可实际上呢，我的话越来越不灵了，常常有人唱反调。

就说生产果汁这件事吧，你知道，一瓶汇源或是茹梦，饭店卖十几、二十元。咱这个地方有的是果子，要是上了果汁生产线，你想想那利润！可几个副老总愣是不同意，说果汁眼下走俏，但从长远来看却……"

两年后，这位董事长在北京参加全国劳模表彰会，又与这位记者见面了。闲聊时，记者问他那个果汁加工项目后来是否上了，他长嘘一口气，说："幸亏当初没上，如果上了的话，现在可就背包袱了。邻县上了一家，老本都搭了进去。"

他感慨地说，看来企业里有人说"不"，并不见得是坏事。

启示：企业若想要继续驰骋"商场"，靠单打独斗显然不行了。领导者首先要战胜自我、超越自我，从知识结构到经营理念进行全面更新。战胜自我的很重要的一个方面就是摒弃自我为中心，察纳雅言，博采众长。

推陈出新

一位年轻有为的炮兵军官上任伊始，到下属部队视察操练情况。他在几个部队发现相同的情况：在一个单位操练中，总有一名士兵自始至终站在大炮的炮管下面，纹丝不动。军官不解，询问原因，得到的答案是：操练条例就是这样要求的。军官回去后反复查阅军事文献，终于发现，长期以来，炮兵的操练条例仍因循非机械化时代的规则。在过去，大炮是由马车运载到前线的，站在炮管下的士兵的任务是负责拉住马的缰绳，以便在大炮发射后调整由于后坐力产生的距离偏差，减少再次瞄准所需的时间。现在大炮的自动化和机械化程度很高，已经不再需要这样一个角色了，而马车拉炮也早就不存在了，但操练条例没有及时调整，因此才出现了"不拉马的士兵"。军官的发现使他获得了国防部的嘉奖。

启示：管理者的工作就是要了解程序中变异的种类，以便采取合适的行动去改进它。

管理者的智慧较量

黑熊和棕熊喜食蜂蜜，都以养蜂为生。它们各有一个蜂箱，养着同样多的蜜蜂。有一天，它们决定比赛看谁的蜜蜂采的蜜多。

黑熊想，蜜的产量取决于蜜蜂每天对花的"访问量"。于是它买来了一套昂贵的测量蜜蜂访问量的绩效管理系统。在它看来，蜜蜂所接触的花的数量就是其工作量。每过完一个季度，黑熊就公布每只蜜蜂的工作量；同时，黑熊还设立了奖项，奖励访问量最高的蜜蜂。但它从不告诉蜜蜂们它是在与棕熊比赛，它只是让它的蜜蜂比赛访问量。

棕熊与黑熊想得不一样。它认为蜜蜂能产多少蜜，关键在于它们每天采回多少花蜜——花蜜越多，酿的蜂蜜也越多。于是它直截了当告诉众蜜蜂它在和黑熊比赛看谁产的蜜多。它也买了一套绩效管理系统，测量每只蜜蜂每天采回花蜜的数量和整个蜂箱每天酿出蜂蜜的数量，并把测量结果张榜公布。它也设立了一套奖励制度，重奖当月采花蜜最多的蜜蜂。如果一个月的蜂蜜总产量高于上个月，那么所有蜜蜂都受到不同程度的奖励。

一年过去了，两只熊查看比赛结果，黑熊的蜂蜜不及棕熊的一半。

黑熊的评估体系很精确，但它评估的绩效与最终的绩效并不直接相关。黑熊的蜜蜂为尽可能提高访问量，都不采太多的花蜜，因为采的花蜜越多，飞起来就越慢，每天的访问量就越少。另外，黑熊本来是为了让蜜蜂搜集更多的信息才让它们竞争，由于奖励范围太小，为搜集更多信息的竞争变成了相互封锁信息。蜜蜂之间竞争的压力太大，一只蜜蜂即使获得了很有价值的信息，比如某个地方有一片巨大的槐树林，它也不愿将此信息与其他蜜蜂分享。

而棕熊的蜜蜂则不一样，因为它不限于奖励一只蜜蜂，为了采集到更多的花蜜，蜜蜂相互合作，嗅觉灵敏、飞得快的蜜蜂负责打探哪儿的花最多最好，然后回来告诉力气大的蜜蜂一齐到那儿去采集花蜜，剩下的蜜蜂负责贮存采集回的花蜜，将其酿成蜂蜜。虽然采集花蜜多的能得到最多的奖励，但其他蜜蜂也能捞到部分好处，因此蜜蜂们的关系远没有到人人自危相互拆台的地步。

启示：激励是手段，激励员工之间竞争固然必要，但相比之下，激发起所有员工的团队精神尤显突出。绩效评估是专注于活动，还是专注于最终成果，管理者须细细思量。

 敞开你的门

美国惠普公司创造了一种独特的"周游式管理办法"，鼓励部

门负责人深入基层，直接接触广大职工。

为达到此目的，惠普公司的办公室布局采用美国少见的"敞开式大房间"，即全体人员都在一间敞厅中办公，各部门之间只有矮屏分隔，除少量会议室、会客室外，无论哪级领导都不设单独的办公室，同时不称头衔，即使对董事长也直呼其名。这样有利于公司上下通气，创造无拘束的合作气氛。

启示：单打独斗、个人英雄的闭门造车工作方式在现今社会是越来越不可取了，反而团队的分工合作方式正逐渐被各企业认同。管理中打破各级各部门之间无形的隔阂，促进相互之间融洽、协作的工作氛围是提高工作效率的良方。不要在工作中人为地设置屏障分隔，敞开办公室的门，制造平等的气氛，同时也敞开了彼此合作与心灵沟通的门。

鲶鱼效应

西班牙人爱吃沙丁鱼，但沙丁鱼非常娇贵，极不适应离开大海后的环境。当渔民们把刚捕捞上来的沙丁鱼放入鱼槽运回码头后，用不了多久沙丁鱼就会死去，而死掉的沙丁鱼味道不好，销量也差。倘若抵港时沙丁鱼还存活着，鱼的卖价就要比死鱼高出若干倍。为延长沙丁鱼的活命期，渔民想方设法让鱼活着到达港口。后来渔民想出一个法子，将几条沙丁鱼的天敌鲶鱼放在运输容器里。因为鲶鱼是食肉鱼，放进鱼槽后，鲶鱼便会四处游动寻找小鱼吃。为了躲避天敌的吞食，沙丁鱼自然加速游动，从而保持了旺盛的生命力。

如此一来，沙丁鱼就一条条活蹦乱跳地回到渔港。

启示：当压力存在时，为了更好地生存发展下去，惧者必然会比其他人更用功，而越用功，跑得就越快。适当的竞争犹如催化剂，可以最大限度地激发人们体内的潜力。

轮流厂长

韩国精密机械株式会社实行了一种独特的管理制度，即让职工轮流当厂长管理厂务。一日厂长和真正的厂长一样，拥有处理公务的权力。当一日厂长对工人有批评意见时，要详细记录在工作日记上，并让各部门的员工收阅。各部门、各车间的主管，得依据批评意见随时核正自己的工作。这个工厂实行"一日厂长制"后，大部分干过"厂长"的职工，对工厂的责任心增强，工厂管理成效显著。开展的第一年就节约生产成本300多万美元。

启示：让企业的每一个成员都更深刻地体会到自己也是企业这个大家庭中的一员，并身体力行地做一回管理者，不仅可以充分调动他们的积极性，也对从多方面看到管理上的不足有积极作用。现代企业管理的重大责任，就在于谋求企业目标与个人目标两者的一致，两者越一致管理效果就越好。

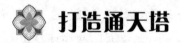

全员决策

美国通用电气公司是一家集团公司，1981年杰克·韦尔奇接任总裁后，认为公司管理太多，而领导得太少，他认为工人们对自己的工作比老板清楚得多，经理们最好不要横加干涉。为此，他在公司实行"全员决策"制度，使那些平时没有机会互相交流的职工、中层管理人员都能出席决策讨论会。"全员决策"的开展，打击了公司中官僚主义的弊端，减少了繁琐程序。

实行了"全员决策"，公司在经济不景气的情况下也取得了巨大进展。他本人也被誉为全美最优秀的企业家之一。

杰克·韦尔奇的"全员决策"有利于避免企业中的权利过分集中这一弊端。让每一个员工都体会到自己也是企业的主人从而真正为企业的发展着想，这绝对是一个优秀企业家的妙招。

启示：如果你希望部属完全支持你，你就必须让他们参与，而且愈早愈好。

打造通天塔

《圣经·旧约》上说，人类的祖先最初讲的是同一种语言，他们在底格里斯河和幼发拉底河之间发现了一块异常肥沃的土地，于是就在那里定居下来，修起城池，建造起了繁华的巴比伦城。后来，他们的日子越过越好，人们为自己的业绩感到骄傲，他们决定在巴比伦修一座通天的高塔，来传颂自己的赫赫威名，并作为集合全天下弟兄的标记。因为大家同心协力，阶梯式的通天塔修建得非常顺利，很快就高耸入云。上帝耶和华得知此事，又惊又怒，因为上帝是不允许凡人达到自己的高度的。他看到人们这样统一强大，心想，人们讲同样的语言，就能建起这样的巨塔，日后还有什么办不成的事情呢？于是，上帝决定让人世间的语言发生混乱，使人们互相言语不通。

人们语言不通，感情无法交流，就难免出现互相猜疑、各执己见、争吵斗殴的现象。

修造工程也因种种纷争而停止，通天塔终于半途而废。

启示：团队没有默契，不能发挥团队绩效，而团队没有交流沟通，也不可能达成共识。职场中的每一位成员都要能善用任何沟通的机会，甚至创造出更多的沟通途径，与周围人充分交流。只有这样，才能汇集经验与知识，才能凝聚团队共识。团队有共识，才能激发成员的力量，共同倾力打造企业的通天塔。

 # 新龟兔赛跑

兔子因上次输了比赛而倍感失望，它很清楚，失败是因它太有信心、太大意。如果它不那样的话，乌龟是不可能打败它的。因此，它邀乌龟再来另一场比赛，乌龟也同意。这次，兔子全力以赴，从头到尾一口气跑完，领先乌龟好几公里。

这故事有什么启示？动作快且前后一致的人将可胜过缓慢且持续的人。

如果在你的工作单位有两个人，一个缓慢，按部就班，且可靠；另一个则是动作快，办事还算牢靠，那么动作快且牢靠的人会在组织中一直往上爬，升迁的速度比那缓慢且按部就班办事的人快。缓慢且持续固然很好，但动作快且牢靠则更胜一筹。

这故事还没完。这下轮到乌龟要好好检讨，它很清楚，照目前的比赛方法，它不可能击败兔子。它想了一会儿，然后邀兔子再来另一场比赛，但是是在另一条稍许不同的路线上，兔子同意了，然后两者同时出发。为了确保自己立下的承诺——从头到尾要一直快速前进，兔子飞驰而出，极速奔跑，直到碰到一条宽阔的河流。而比赛的终点就在几公里外的河对面。兔子呆坐在那里，一时不知怎么办。这时候，乌龟却一路姗姗而来，撩入河里，游到对岸，继续爬行，完成比赛。

启示：首先，辨识出你的核心竞争力，然后改变游戏场所以适应（发挥）你的核心竞争力。在你的工作单位，如果你是一个能言善道的人，一定要想法创造机会，好好表现自己，依着自己的优势（专长）来工作，不仅会让上头的人注意到你，也会创造成长和进步的机会。

用人之道

去过庙的人都知道，一进庙门，首先是弥勒佛，笑脸迎客，而在他的北面，则是黑口黑脸的韦陀。但相传在很久以前，他们并不在同一个庙里，而是分别掌管不同的庙。弥勒佛热情快乐，所以来的人非常多，但他什么都不在乎，丢三落四，没有好好地管理账务，所以依然入不敷出。而韦陀虽然管账是一把好手，但成天阴着个脸，太过严肃，搞得人越来越少，最后香火断绝。

佛祖在查香火的时候发现了这个问题，就将他们俩放在同一个庙里，由弥勒佛负责公关，笑迎八方客，于是香火大旺。而韦陀铁面无私、锱铢必较，则让他负责财务、严格把关。在两人的分工合作中，庙里一派欣欣向荣景象。

启示：其实在用人大师的眼里，没有废人，正如武功高手，不需名贵宝剑，摘花飞叶即可伤人，关键看如何运用。管理者更应学会这一点。

 # 留个缺口给别人

一位著名企业家在作报告，一位听众问："你在事业上取得了巨大的成功，那么对你来说，最关键的一种方法是什么？"企业家没有直接回答，他拿起粉笔在黑板上画了一个圈，只是并没有画圆满，留下一个缺口。他反问道："这是什么？""零""圈""未完成的事业""成功"台下的听众七嘴八舌地答道。

他对这些回答未置可否："其实，这只是一个未画完整的句号。你们问我为什么会取得辉煌的业绩，道理很简单：我不会把事情做得很圆满，就像画个句号，一定要留个缺口，让我的下属去填满它。"

启示：留个缺口给他人，并不说明自己的能力不强。这是一种管理的智慧，是一种更高层次上带有全局性的圆满，也许，这就是企业管理用人的最高境界。

博 士

有一个博士被分到一家研究所，成为研究所学历最高的一个人。有一天他到单位后面的小池塘去钓鱼，正好正副所长在他的一左一右，也在钓鱼。他只是微微点了点头，这两个本科生，有啥好聊的呢？不一会儿，正所长放下钓竿，伸伸懒腰，"蹭蹭蹭"从水面上如飞地走到对面上厕所。博士眼睛睁得都快掉下来了。水上飘？不会吧？这可是一个池塘啊。正所长上完厕所回来的时候，同样也是"蹭蹭蹭"地从水上飘回来了。怎么回事？博士生又不好去问，自己是博士生哪！过一阵，副所长也站起来，走几步，"蹭蹭蹭"地飘过水面上厕所。这下子博士更是差点昏倒：不会吧，到了一个江湖高手集中的地方？博士生也内急了。这个池塘两边有围墙，要到对面厕所非得绕十分钟的路，而回单位上又太远，怎么办？博士生也不愿意去问两位所长，憋了半天后，也起身往水里跨：我就不信本科生能过的水面，我博士生不能过。只听"咚"的一声，博士生栽到了水里。两位所长将他拉了出来，问他为什么要下水，他问："为什么你们可以走过去呢？"两所长相视一笑："这池塘里有两排木桩子，由于这两天下雨涨水，木桩被淹，正好在水面下。我们都

92

知道这木桩的位置，所以可以踩着桩子过去。你怎么不问一声呢？"

启示：学历代表过去，只有学习力才能代表将来。尊重经验的人，才能少走弯路。一个好的团队，也应该是学习型的团队。

 **以贱为本**

唐肃宗在当太子的时候有一天陪着唐玄宗一起进餐。餐桌上摆满了各种佳肴，其中有一盘羊腿，唐玄宗就让太子去割羊肉。太子割完羊肉后，见手上都是油污，便顺手拿起一张面饼擦手。唐玄宗直盯着他的脸，露出不高兴的神色。太子擦完手，慢慢地把饼送到嘴边，有滋有味地把饼吃掉了。这时唐玄宗转怒为喜，对太子说："人就应该这样。"

唐玄宗贵为天子，却能爱惜粮食，是很不容易的。当他看到太子以面饼擦手时，就很恼火，以为太子是在糟蹋粮食；当又看到太子从容地将擦过手的面饼吃掉时，又转怒为喜，认为太子和自己一样，能"以贱为本"。

现代有很多领导，在走上领导岗位以前，总是兢兢业业，勤俭持家，对工作认真负责，对同事极为客气尊重，能够得到大家的一致好评；但当他自认为在领导的位置上坐稳以后，就慢慢开始体恤不到自己手下员工的疾苦，不能或者不愿真正地去了解他们的工作与生活，开始变得高高在上，大肆挥霍。在中国，自古以来官本位思想一直制约着很多人，这使人们在掌握了权力以后总会不知不觉从心里产生一种自满情绪，只看到前面的似锦前程，却忘了脚下铺路的碎石。

启示："水能载舟，亦能覆舟"，掌握权力之柄，更要重视底层民众，这也是管理好一个团队必须具有的素质和才能。

地毯上的纸团

有家招聘高级管理人才的公司，对一群应聘者进行复试。尽管应聘者都很有自信地回答了考官们的简单提问，可结果却都未被录用，只得怏怏而去。

这时，有一位应聘者，走进房门后，看到了地毯上的一个纸团。地毯很干净，那个纸团显得很不协调。这位应聘者弯腰捡起了纸团，准备把它扔进纸篓里。

这时考官发话了："你好，朋友，请看看你捡起的这个纸团吧！"这位应聘者迟疑地打开纸团，只见上边写着："热忱欢迎您到我公司任职。"

启示：细节决定成败。

跳槽的哲学

A对B说："我要离开这个公司。我恨这个公司！"B建议道："我举双手赞成你报复！！破公司一定要给它点颜色看看。不过你现

在离开，还不是最好的时机。"A 问："为什么?"B 说："如果你现在走，公司的损失并不大。你应该趁着在公司的机会，拼命去为自己拉一些客户，成为公司独当一面的人物，然后带着这些客户突然离开公司，公司才会受到重大损失。"A 觉得 B 说得非常在理。于是努力工作，事遂所愿，半年多的努力工作后，他有了许多的忠实客户。再见面时 B 问 A："现在是时机了，要跳赶快行动哦!"A 淡然笑道："老总跟我长谈过，准备升我做总经理助理，我暂时没有离开的打算了。"其实这也正是 B 的初衷。

启示：永远只有付出大于得到，让老板真正看到你的能力大于位置，才会给你更多的机会替他创造更多利润。

 # 无声的死亡

一支登山队在攀登一座雪山。

这是一座分外险峻的山峰，稍有不慎，他们就会从上面摔下去，粉身碎骨。

突然，队长一脚踩空，向下坠落。

他想发出一声临死前的悲呼，但是只要他一出声，准会有人受到惊吓，攀爬不稳，再掉下去!他咬紧牙关，硬忍着不发出一点声音来。

就这样，他无声无息地落在了万丈冰谷里。

亲眼目睹这一惨烈场面的只有一个队员。

本来，他是忍不住要发出一声惊叫的，但是多年的经验使他明

受益终生的哲理故事

白，惊叫一声不仅不能救回队长，而且还会惊吓其他队员，给全队带来灾害。

他像没事人一样继续向上攀登，每登一步，眼泪都会掉下来，滴落在雪上，登顶后大家发觉队长不在了，他才把事情的真相说了出来。

大家什么都没有说。

这是世界上最优秀的一支登山队，因为它的队员能够在关键的时候坦然面对死亡。

他们不仅登上了自然的高峰，也登上了人性的高峰。

启示：团队的成功不可避免地需要牺牲一些个人的利益，如果每一位成员能像那些登山队员一样坦然接受自己的牺牲，那么团队的成功便是理所当然。

 决堤一定要修堤吗

春秋时期，楚国令尹孙叔敖在苟陂县一带修建了一条南北水渠。这条水渠又宽又长，足以灌溉沿渠的万顷农田，可是一到天旱的时候，沿堤的农民就在渠水退去的堤岸边种植庄稼，有的甚至还把农作物种到了堤中央。等到雨水一多，渠水上涨，这些农民为了保住庄稼和渠田，便偷偷地在堤坝上挖开口子放水。这样的情况越来越严重，一条辛苦挖成的水渠被弄得遍体鳞伤，面目全非，因决口而经常发生水灾，变水利为水害了。

面对这种情形，历代苟陂县的行政官员都无可奈何。每当渠水暴涨成灾时，便调动军队去修筑堤坝，堵塞滑洞。后来宋代李若谷出任知县时，也碰到了决堤修堤这个头疼的问题，他便贴出告示说，"今后凡是水渠决口，不再调动军队修堤，只抽调沿渠的百姓，让他们自己把决口的堤坝修好。"这布告贴出以后，再也没有人偷偷地在堤上挖口子了。

启示：当制度都不能发挥作用的时候，就只有利用李若谷的办法，以子之矛攻子之盾，当他发现这样做得到的好处还不如他损失的多的话，他自然也就不会再去做这样的事情了。所以说，不管具体用什么方法来执行，制定一套安全有效的内部控制制度是非常必要的。

大河与小河

这是一片广袤的田野，土地肥沃，水草丰美。为了灌溉庄稼，农人们在这里挖了两条河，一条小河，一条大河。

刚开始，小河和大河都勤勤恳恳地灌溉，两岸庄稼年年丰收。可是有一天，大河忽然有了个想法，他要去看看海。这个想法一生出来，就再也按捺不住。我是大河，怎么能和那条小河一样，老死在这寂寞的乡野呢。大河鼓起浑身的力量，一浪一浪地冲向远方。要承认，大河是坚韧的，他克服重重困难，冲破了许许多多的田埂与山峰，离目标越来越近。回头再看小河时，他不由生出一份悲悯之心：唉，小河也太没有追求了。

可惜的是，终于有一天，大河一头扎进了沙漠，他的那点水分

受益终生的哲理故事

很快就蒸发了。大河喊出一声"出师未捷身先死，长使英雄泪满襟。"就再也不见了。

没有了水，没几年，大河就堵塞了，再过几年，河道被填平了。

而那条小河，依旧勤勤恳恳地灌溉庄稼，为两岸农人的丰收立下了汗马功劳。为了获得更多的水源来灌溉，人们把小河的河道拓宽了，比以前的大河还要宽。小河成天热热闹闹，有浣衣洗菜的农女，有洗澡嬉戏的孩童，有泛舟垂钓的游客……莲叶田田，碧波荡漾，水阔鱼肥。

又经过了几代人的传承繁衍，小河被当地人称作"母亲河"，而当初的那条大河，早已寻不到半点踪影了。因为它定下的目标太过远大，它忘了自己不过是一条乡野的内陆河。由此可见，小范围的强者当久了，更易让人狂妄无知，看不清自己。

启示：追求要适度，立足本职，实现所在集体的价值，才能最终实现个体的价值。

上帝的分法

春天的时候，5个孩子在山上采桃子，他们把采来的桃子集中放在一起。

采桃子的那一段时间，大家都非常快乐，等到桃子采完后，大家却为了怎么分桃子而争吵起来。

有的孩子认为自己出力最多，采的桃子数量最多，应该多分一些。

有的孩子主张有福同享，应该公平地分配。

正吵得不可开交时，看见一位神父在山上的小路散步，一个孩子就说："我们请神父来帮我们分，神父最公平了。"

所有的孩子都同意了，便请神父来分配。

神父非常乐意，问孩子："你们要我用上帝的分法，还是用人的分法？"

"当然是上帝的分法，上帝应该是最公平的。"孩子们异口同声地说。

神父点点头，算了算地上的桃子，一共有 30 个，他先把 20 个桃子分给第一个孩子，再把 6 个桃子分给第二个孩子，第三和第四个孩子各分得两个，最后一个孩子，半个桃子也没分到。

除了第一个孩子开心地笑，其余 4 个孩子都齐声向神父抗议。

神父说："这就是上帝平常的分法，有的人拿得多，有的人拿得少，有一些人则是什么也没有。"

启示：在职场中遭遇不公是常有的事。少点抱怨，多点思考和改变，下次别人会对你公平一点。

族长的智慧

清康熙十六年，庐江府一个叫朱尚孟的穷秀才，先是中了举人，接着又中了进士，朝廷钦点为浙江海宁七品知县。正当朱尚孟一家喜气洋洋、吐气扬眉之时，朱氏宗族的老族长召开了宗族大会，把朱尚孟从族谱中除了名，声称朱氏宗族从此之后与朱尚孟一家再无瓜葛，并报当地县衙登记备案。朱尚孟心中纳闷不已，也不知道自己到底犯了什么错，只好带着家人上任去了，从此与庐江朱氏族人断了音信。

康熙五十年，朱尚孟受《南山集》案牵连，被诛灭九族。而庐江几千名朱氏族人因为早已与朱尚孟划清了界限，才在这场浩劫中得以幸免。

人们这才明白了老族长的一片苦心：伴君如伴虎啊！老族长的做法，从此成了朱氏族人口中津津乐道的话题。

无独有偶，当岁月的长河逝去了整整 70 年后，清乾隆四十六年，庐江朱氏又出了一个进士朱绍宇，被钦点为江苏太仓七品知县。有感于 70 年前朱尚孟的旧事，上任之前，朱绍宇来到了现任族长家，主动要求在族谱中除名，以免将来有事殃及族人。没想到，族长不但没有将他除名，而且还举行了盛大的宗族庆典，庆贺此事。

漫漫几十年后，朱绍宇官至直隶总督。在朱绍宇的提携扶持下，许多朱氏族人在仕途商界取得了不俗的成绩，朱氏家族也一跃成为庐江的名门望族。

为什么同样的事，朱氏宗族却采取了截然相反的态度呢？

还是族长揭开了谜底：康熙年间，满人天下初定，大兴文字狱，杀害汉人精英及知识分子，此时为官，祸大于福。而乾隆年间，天下太平，经济繁荣，更重要的是满汉矛盾已趋于无，此时为官，正是鲤鱼跳龙门，前程无量啊！

族人听了，恍然大悟。

启示：因时而动，区别对待，用人也是如此。

石头汤的故事

风雨交加的夜里，一个穷人到一个富人家中乞讨。富人家的厨娘命令他立即离开，穷人立刻装出一副可怜的样子，恳求说："我可不可以在厨房的炉子上烤烤衣服？"厨娘动了恻隐之心，把他放了进来。烤了一会儿火，穷人的身体暖和了起来。他对厨娘说："您能不能把小锅借给我，让我煮些石头汤喝？"石头还能煮汤？厨娘的好奇心顿时被勾了起来。为了看他怎样煮石头汤，厨娘把锅借给了他。穷人马上找了一块石头，放在锅里煮了起来。刚煮了一会儿，又请求说："麻烦您再给我加点盐好吗？"厨娘又给了他一些盐。接下来，穷人又要来了香菜、薄荷。最后，厨娘还把一些碎肉末放到了汤里。

汤煮好了。穷人把石头从锅里捞出来扔掉，美滋滋地喝起了这锅"石头汤"。

启示：如果看中了某个暂时超出你能力范围的职位，公司不肯接纳你，不要灰心，不妨退而求其次，从最基础的职位做起。就像故事中的穷人一样，先寻找一个缓冲期，然后调动全部的聪明才智，步步为营，由易而难，慢慢接近自己最初的目标。

割断救命的绳子

有一位登山者一直想要登上世界某高峰。经过多年的准备后，他独自开始了攀登。夜幕降临，月亮和星星被云层遮住了，登山者什么都看不见。就在离山顶只剩几米的地方，他滑倒了，快速地往下坠。危急时刻，系在腰间的绳子拉住了他，他整个人被吊在半空中。

在这种上不着天，下不着地，求助无门的境况中，登山者一点儿办法也没有，只好大声呼叫："上帝啊！救救我！"

出人意料的，天上有个低沉的声音响起："你要我做什么？"

"上帝，救救我！"

"你真的相信我可以救你吗？"

"我当然相信！"

"把系在腰间的绳子割断！"

在短暂的考虑之后，登山者决定继续全力抓住那根救命的绳子。

第二天，搜救队发现了一具冻僵的登山者遗体。他挂在一根绳子上，手紧紧地抓住那根绳子，而在他的下方，地面离他仅仅3米……

启示：你太依赖的东西有时恰恰阻碍你前进的道路，放手去做也许能更上一层。

成功篇

 拜自己

某人在屋檐下躲雨，看见观音正撑伞走过。这人说："观音菩萨，普度一下众生吧，带我一段如何？"

观音说："我在雨里，你在檐下，而檐下无雨，你不需要我度。"这人立刻跳出檐下，站在雨中："现在我也在雨中了，该度我了吧？"观音说："你在雨中，我也在雨中，我不被淋，因为有伞；你被雨淋，因为无伞。所以不是我度自己，而是伞度我。你要想度，不必找我，请自找伞去！"说完便走了。

第二天，这人遇到了难事，便去寺庙里求观音。走进庙里，才发现观音的像前也有一个人在拜，那个人长得和观音一模一样，丝毫不差。

这人问："你是观音吗？"

那人答道："我正是观音。"

这人又问："那你为何还拜自己？"

观音笑道："我也遇到了难事，但我知道，求人不如求己。"

启示：成功者自救。

恐惧杀死蟒蛇

这个故事发生在美国，一位六岁的男孩在小河里玩耍，周围空无一人。当他正玩得高兴时，灾难临近了他，一条蟒蛇正向他游来，他还浑然不觉。当蟒蛇把他缠起来时，他在惊慌之中用手掐住它的要害。蟒蛇很大，虽然被掐住要害，但还知道要把小孩缠死，好在小孩身材瘦小，蟒蛇无法把他缠紧。小孩就这样一直用力掐住要害，直到他晕过去。后来当人们发现小孩时，发现他的手还在紧紧掐住蟒蛇，而蟒蛇早已死掉。

启示：人在恐惧时的潜能大于想象，有时无路可走也是唯一一条可能通向成功的路。

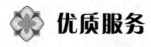

优质服务

泰国东方酒店，清晨酒店一开门，一名漂亮的泰国小姐微笑着和一位先生打招呼："早，张先生。""你怎么知道我姓张？""张先生，我们每一层的当班小姐要记住每一个房间客人的名字。"张先生心中很高兴，乘电梯到了一楼，门一开，又一名泰国小姐站在那儿，"早，张先生。""啊，你也知道我姓张，你也背了上面的名字吗？""张先生，上面打电话说你下来了。"原来她们腰上挂着对讲机。

接着服务小姐请这位先生去吃早餐，餐厅的服务人员前来上菜，这时来了一盘点心，点心的样子很奇怪，张先生就问她"中间这个红红的是什么？"这时，那个小姐看了一下，就后退一步向先生解释了一下，"那么旁边这一圈黑黑的呢？"她上前又看了一眼，再后退一步进行解释。这个后退一步就是为了防止她的口水会溅到菜里。

张先生退房离开的时候，前台小姐刷完卡把信用卡还给他之后把他的收据也折好放在信封里，最后再递还给张先生，并说，"谢谢你，张先生，真希望第七次再看到你。"张先生这才想起原来那次他是第六次去。

3年过去了，张先生再没去过泰国。有一天他收到一张卡片，发现是东方酒店寄来的，"亲爱的张先生，3年前的4月16号你离开以后，我们就没有再看到你，公司全体上下都想念得很，下次经过泰国一定要来看看我们。祝您生日快乐。"原来那天是他的生日。

启示：优质服务在于细节，细节决定成败。

电梯里的谈话

Ａ在合资公司做白领，觉得自己满腹才华没有得到上级的赏识，经常想：如果有一天能见到老总，有机会展示一下自己的才干就好了！Ａ的同事Ｂ，也有同样的想法，但他做得更进一步，他去

受益终生的哲理故事

打听老总上下班的时间，算好他大概会在何时进电梯，他也在这个时候去坐电梯，希望能遇到老总，有机会可以打个招呼。他们的同事C更进一步。他详细了解老总的奋斗历程，弄清老总毕业的学校、人际风格、关心的问题，精心设计了几句简单却有分量的开场白，在算好的时间去乘坐电梯，跟老总打过几次招呼后，终于有一天跟老总长谈了一次，不久就争取到了更好的职位。

启示：愚者错失机会，智者善抓机会，成功者创造机会。机会只给准备好的人，这"准备"二字，并非说说而已。

跑得比你快

两个人在森林里遇到了一只大老虎。A就赶紧从背后取下一双更轻便的运动鞋换上。B急死了，骂道："你干嘛呢，再换鞋也跑不过老虎啊！"A说："我只要跑得比你快就好了。"

启示：21世纪，没有危机感是最大的危机。试问一下：当更多的老虎来临时，我们有没有准备好自己的跑鞋？

弹钢琴的故事

一位音乐系的学生走进练习室。在钢琴上，摆着一份全新的乐谱。

"超高难度……"他翻着乐谱，喃喃自语，感觉自己对弹奏钢琴的信心似乎已经快消靡殆尽。已经三个月了！自从跟了这位新的教授之后，不知道为什么教授要以这种方式整人。勉强打起精神，他开始用自己的十指奋战、奋战、奋战……琴音盖住了教室外面教授走来的脚步声。

指导教授是个极其有名的音乐大师。授课的第一天，他给自己的新学生一份乐谱。"试试看吧！"他说。乐谱的难度颇高，学生弹得生涩僵滞、错误百出。"还不成熟，回去好好练习！"教授在下课时，如此叮嘱学生。学生练习了一个星期，第二周上课时正准备让教授验收，没想到教授又给他一份难度更高的乐谱，"试试看吧！"上星期的课教授也没提。学生再次挣扎于更高难度的技巧挑战。第三周，更难的乐谱又出现了。这样的情形持续着，学生每次在课堂上都被一份新的乐谱所困扰，然后把它带回去练习，接着再回到课堂上，重新面临之前两倍难度的乐谱，却怎么样都追不上进度，一点也没有因为上周练习而有驾轻就熟的感觉，学生感到越来越不安、沮丧和气馁。教授走进练习室，学生再也忍不住了。他必须向钢琴大师提出这三个月来何以不断折磨自己的质疑。教授没开口，他抽出最早的那份乐谱，交给了学生。"弹奏吧！"他以坚定的目光望着学生。不可思议的事情发生了，连学生自己都惊讶万分，他居然可以将这首曲子弹奏得如此美妙、如此精湛！教授又让学生试了第二堂课的乐谱，学生依然呈现出超高水准的表现……演奏结束后，学生怔怔地望着老师，说不出话来。"如果，我任由你表现最擅长的部分，可能你还在练习最早的那份乐谱，就不会有现在这样的程度……"钢琴大师缓缓地说。

启示：人往往习惯于表现自己所熟悉、所擅长的领域。但如果我们愿意回首、细细检视，将会恍然大悟：看似紧锣密鼓的工作挑战，永无歇止、难度渐升的环境压力，不也就在不知不觉间养成了今日的诸般能力吗？因为，人，确实有无限的潜力！

❖ 犹太人的选择

有三个人要被关进监狱三年，监狱长说可以满足他们三个一人一个要求。美国人爱抽雪茄，要了三箱雪茄。法国人最浪漫，要一个美丽的女子相伴。而犹太人说，他要一部与外界沟通的电话。三年过后，第一个冲出来的是美国人，嘴里塞满了雪茄，大喊道："给我火，给我火！"原来他忘了要火了。接着出来的是法国人，只见他手里抱着一个小孩子，美丽女子手里牵着一个小孩子，肚子里还怀着第三个。最后出来的是犹太人，他紧紧握住监狱长的手说："这三年来我每天与外界联系，我的生意不但没有停顿，规模反而扩大了200%，为了表示感谢，我送你一辆劳施莱斯！"

启示：这个故事告诉我们，什么样的选择决定什么样的生活。今天的生活是由三年前我们的选择决定的，而今天我们的抉择将决定我们三年后的生活。我们要选择接触最新的信息，了解最新的趋势，从而更好地创造自己的将来。

动物园里的骆驼

在动物园里的小骆驼问妈妈："妈妈妈妈，为什么我们的睫毛那么地长？"骆驼妈妈说："当风沙来的时候，长长的睫毛可以让我们在风暴中都能看得到方向。"小骆驼又问："妈妈妈妈，为什么我们的背那么驼，丑死了！"骆驼妈妈说："这个叫驼峰，可以帮我们储存大量的水和养分，让我们能在沙漠里耐受十几天的无水无食条件。"小骆驼又问："妈妈妈妈，为什么我们的脚掌那么厚？"骆驼妈妈说："那可以让我们重重的身子不至于陷在软软的沙子里，便于长途跋涉啊。"小骆驼高兴坏了："哗，原来我们这么有用啊！！可是妈妈，为什么我们还在动物园里，不去沙漠远足呢？"

启示：天生我才必有用，可惜现在没人用。每个人的潜能是无限的，关键是要找到一个能充分发挥潜能的舞台。

 # 命运在自己手里

一次，一位在事业上遭遇挫败的人去拜会一位事业上颇有成就的朋友，闲聊中谈起了命运。

他问："这个世界到底有没有命运？"

朋友说："当然有啊。"

他再问："命运究竟是怎么回事？既然命中注定，那奋斗又有什么用?"

朋友没有直接回答他的问题,但笑着抓起他的左手,说帮他算算命。给他讲了一些生命线、爱情线、事业线等诸如此类的话之后,突然,朋友对他说:"把手伸好,照我的样子做一个动作。"朋友的动作就是举起左手,慢慢地而且越来越紧地握起拳头。

末了,朋友问他:"握紧了没有?"

他有些迷惑,答道:"握紧啦。"

他又问:"那些命运线在哪里?"

他机械地回答:"在我的手里呀。"

朋友再追问:"请问,命运在哪里?"

他如当头棒喝,恍然大悟:命运在自己的手里!

启示:记住,命运在自己的手里,而不是在别人的嘴里!当然,你再看看你自己的拳头,你还会发现你的生命线有一部分还留在外面,没有被握住,它又能给我们什么启示?命运绝大部分掌握在自己手里,但还有一部分掌握在"上天"手里。古往今来,凡成大业者,"奋斗"的意义就在于用其一生的努力,去争取。

黑带的含义

一位武林高手跪在武学宗师的面前,接受得来不易的黑带的仪式。这个徒弟经过多年的严格训练,在武林终于出人头地。"在授予你黑带之前,你必须接受一个考验。"武学宗师说。"我准备好了。"

徒弟答到，以为可能是最后一个回合的练拳。"你必须回答最基本的问题：黑带的真正含义是什么？" "是我习武的结束。" 徒弟答到 "是我辛苦练功应该得到的奖励。" 武学宗师等待着他再说些什么，显然他不满意徒弟的回答。最后他开口了："你还没有到拿黑带的时候，一年以后再来。"

一年以后，徒弟再度跪在宗师的面前，黑带的真正含义是什么？ "是本门武学中最杰出和最高荣誉的象征。" 徒弟说。武学宗师等啊等，过了好几分钟，徒弟还是不说话，显然他很不满意。最后说 "你仍然没有到拿黑带的时候，一年以后再来。"

一年以后，徒弟又跪在宗师的面前，师傅又问："黑带的真正含义是什么？""黑带代表开始——代表无休止的磨炼、奋斗和追求更高标准的里程的起点。" "好，你已经可以接受黑带开始继续奋斗了。"

启示：每一次成功都不是终点！

 凭智慧战胜对手

1984 年，在东京国际马拉松邀请赛中，名不见经传的日本选手山田本一出人意料地夺得了世界冠军。当记者问他凭什么取得如此惊人的成绩时，他说了这么一句话：凭智慧战胜对手。

当时许多人都认为这个偶然跑到前面的矮个子选手是在故弄玄虚。马拉松赛是体力和耐力的运动，只要身体素质好又有耐性就有望夺冠，爆发力和速度都还在其次，说用智慧取胜确实有点勉强。

两年后，意大利国际马拉松邀请赛在意大利北部城市米兰举行，山田本一代表日本参加比赛。这一次，他又获得了世界冠军。记者又请他谈经验。

山田本一性情木讷，不善言谈，回答的仍是上次那句话：用智慧战胜对手。这回记者在报纸上没再挖苦他，但对他所谓的智慧迷惑不解。

十年后，这个谜终于被解开了，他在他的自传中是这么说的：每次比赛之前，我都要乘车把比赛的线路仔细地看一遍，并把沿途比较醒目的标志画下来，比如第一个标志是银行；第二个标志是一棵大树；第三个标志是一座红房子……这样一直画到赛程的终点。比赛开始后，我就以百米的速度奋力地向第一个目标冲去，等到达第一个目标后，我又以同样的速度向第二个目标冲去。40 多公里的赛程，就被我分解成这么几个小目标轻松地跑完了。起初，我并不懂这样的道理，我把我的目标定在 40 多公里外终点线上的那面旗帜上，结果我跑到十几公里时就疲惫不堪了，我被前面那段遥远的路程给吓倒了。

启示：在现实中，我们做事之所以会半途而废，这其中的原因，往往不是因为难度较大，而是觉得成功离我们较远，确切地说，我们不是因为失败而放弃，而是因为倦怠而失败。在人生的旅途中，我们稍微具有一点山田本一的智慧，一生中也许会少许多懊悔和惋惜。

自信改变成果

1960 年，哈佛大学的罗森塔尔博士曾在加州一所学校做过一个著名的实验。

新学年开始时，罗森塔尔博士让校长把三位教师叫进办公室，对他们说："根据你们过去的教学表现，你们是本校最优秀的老师。因此，我们特意挑选了 100 名全校最聪明的学生组成三个班让你们教。这些学生的智商比其他孩子都高，希望你们能让他们取得更好的成绩。"

三位老师都高兴地表示一定尽力。校长又叮嘱他们，对待这些孩子要像平常一样，不要让孩子或孩子的家长知道他们是被特意挑选出来的，老师们都答应了。

一年之后，这三个班的学生成绩果然排在整个学区的前列。这时，校长告诉了老师们真相：这些学生并不是刻意选出的最优秀的学生，只不过是随机抽调的最普通的学生。老师们没想到会是这样，都认为自己的教学水平确实高。这时校长又告诉了他们另一个真相，那就是，他们也不是被特意挑选出的全校最优秀的教师，也不过是随机抽调的普通老师罢了。

这个结果正是博士所料到的：这三位教师都认为自己是最优秀的，并且学生又都是高智商的，因此对教学工作充满了信心，工作自然非常卖力，结果肯定非常好了。

启示：在做任何事情以前，如果能够充分肯定自我，就等

受益终生的哲理故事

于已经成功了一半。当你面对挑战时，你不妨告诉自己：你就是最优秀的和最聪明的，那么结果肯定是另一种模样。

真正的男子汉

一位父亲很为他的孩子苦恼。因为他的儿子已经十五岁了，可是一点男子气概都没有。于是，父亲去拜访一位禅师，请他训练自己的孩子。

禅师说："你把孩子留在我这边，3个月以后，我一定可以把他训练成真正的男人。不过，这3个月里面，你不可以来看他。"父亲同意了。

3个月后，父亲来接孩子。禅师安排孩子和一个空手道教练进行一场比赛，以展示这3个月的训练成果。

教练一出手，孩子便应声倒地。他站起来继续迎接挑战，但马上又被打倒，他就又站起来……就这样来来回回一共16次。

禅师问父亲："你觉得你孩子的表现够不够男子气概？"父亲说："我简直羞愧死了！想不到我送他来这里受训3个月，看到的结果是他这么不经打，被人一打就倒。"禅师说："我很遗憾你只看到表面的胜负。你有没有看到你儿子那种倒下去立刻又站起来的勇气和毅力呢？这才是真正的男子气概啊！"

启示：只要站起来比倒下去多一次就是成功。

博士求职

一位留美的计算机博士，毕业后在美国找工作，结果好多家公司都不录用他，思前想后，他决定收起所有证明，以一种"最低身份"再去求职。

不久，他被一家公司录用为程序输入员，这对他来说简直是"高射炮打蚊子"，但他仍干得一丝不苟。不久，老板发现他能看出程序中的错误，非一般的程序输入员可比，这时他亮出学士证，于是老板给他换了个与大学毕业生对口的专业。

过了一段时间，老板发现他时常能提出许多独到的有价值的建议，远比一般的大学生要高明。这时，他又亮出了硕士证，于是老板又提升了他。

再过一段时间，老板觉得他还是与别人不一样，就对他进行质询，此时他才拿出博士证，老板对他的水平有了全面认识，毫不犹豫地重用了他。

启示：以退为进，由低到高，这是自我实现的一种方式。

推销员的故事

英国和美国的两家皮鞋工厂，各自派了一名推销员到太平洋上某个岛屿去开辟市场。两个推销员到达后的第二天，各给自己的工

受益终生的哲理故事

厂拍回一封电报。一封电报是："这座岛上没有人穿鞋子，我明天搭第一班飞机回去。"另一封电报是："好极了，这个岛上没有一个人穿鞋子，我将驻在此地大力推销。"

聪明人创造的机会比他找到的多。美国新闻记者罗伯特·怀尔特说："任何人都能在商店里看时装，在博物馆里看历史，但具有创造性的开拓者在五金店里看历史，在飞机场上看时装。"

启示：没有机会，创造机会，这从来就是一条成功之道。

执著者的收获

有这样一个天才面包师，他从小就对面包有着无比浓厚的兴趣，闻到面包的香气就如醉如痴。

长大后，他如愿以偿地当了面包师。他做面包时，要有绝对精良的面粉黄油；要有一尘不染、闪光晶亮的器皿；打下手的姑娘要令人赏心悦目；伴奏的音乐要称心宜人。四个条件缺一不可，否则酝酿不出情绪，没有创作灵感。

他完全把面包当作艺术品，哪怕只有一勺黄油不新鲜，他也要大发雷霆，认为那简直是难以容忍的对面包的亵渎。哪一天要是没做面包，他就会满心愧疚。他从来不去想今天少做了多少生意，然而他的生意却出人意料的好，盖过了所有比他更聪明活络、更迫切赚钱的人。

还有一个药铺老板，幼年时父亲因抓不起药而命赴黄泉，他发誓要做一个乐善好施的药铺老板。当了老板之后，他不改初衷，童叟无欺，贫富不二。

他还自学成才，专给没钱看医生的人开方子。一些药界行家见此大摇其头：一副败家子做派，不赔本才怪！然而他的生意却日渐红火，盖过了所有比他更会降低成本、更精明强干的人。

启示：当你摒去表面的凡尘杂念，为了社会，为了他人，专心致力于一项事情时，那意外的收获已在悄悄问候你。

飞翔的蜘蛛

一只黑蜘蛛在后院的两檐之间结了一张很大的网。难道蜘蛛会飞？要不，从这个檐头到那个檐头，中间有一丈余宽，第一根线是怎么拉过去的？后来，人们才发现蜘蛛走了许多弯路——从一个檐头起，打结，顺墙而下，一步一步向前爬，小心翼翼，翘起尾部，不让丝沾到地面的沙石或别的物体上，走过空地，再爬上对面的檐头，高度差不多了，再把丝收紧，以后也是如此。

启示：蜘蛛不会飞翔，但它能够把网凌结在半空中。它是勤奋、敏感、沉默而坚韧的昆虫，它的网织得精巧而规矩，八卦形地张开，仿佛得到神助。这样的成绩，使人不由想起那些沉默寡言的人和一些深藏不露的智者。于是，我记住了蜘蛛不会飞翔，但它照样把网结在空中。奇迹是执著者造成的，信念是无坚不摧的力量。

阴影是条纸龙

老人们做过一条长龙。长龙腹腔的空隙仅仅只能容纳几只蝗虫，投放进去，它们都在里面死了，无一幸免。祖父说："蝗虫性子太躁，除了挣扎，它们没想过用嘴巴去咬破长龙，也不知道一直向前可以从另一端爬出来。因而，尽管它有铁钳般的嘴壳和锯齿一般的大腿，也无济于事。"当祖父把几只同样大小的青虫从龙头放进去，然后关上龙头，意想不到的是：仅仅几分钟，小青虫们就一一地从龙尾爬了出来。

启示：命运一直藏匿在我们的思想里。许多人走不出人生各个不同阶段或大或小的阴影，并非因为他们天生的个人条件比别人要差多远，而是因为他们没有想要将阴影纸龙咬破，也没有耐心慢慢地找准一个方向，一步步地向前，直到眼前出现新的洞天。

成功并不像你想象的那么难

1965 年，一位韩国学生到剑桥大学主修心理学。在喝下午茶的时候，他常到学校的咖啡厅或茶座听一些成功人士聊天。这些成功人士包括诺贝尔奖获得者，某一些领域的学术权威和一些创造了经济神话的人，这些人幽默风趣，举重若轻，把自己的成功都看得非常自然和顺理成章。时间长了，他发现，在国内时他被一些成功人士欺骗了。那些人为了让正在创业的人知难而退，普遍把自己的创业艰辛夸大了，也就是说，他们在用自己的成功经历吓唬那些还没有取得成功的人。作为心理系的学生，他认为很有必要对韩国成功人士的心态加以研究。1970年，他把《成功并不像你想象的那么难》作为毕业论文，提交给现代经济心理学的创始人威尔·布雷登教授。布雷登教授读后，大为惊喜，他认为这是个新发现，这种现象虽然在东方甚至在世界各地普遍存在，但此前还没有一个人大胆地提出来并加以研究。惊喜之余，他写信给他的剑桥校友——当时正坐在韩国政坛第一把交椅上的人——朴正熙。他在信中说，"我不敢说这部著作对你有多大的帮助，但我敢肯定它比你的任何一个政令都能产生震动。"后来这本书果然伴随着韩国的经济起飞了。这本书鼓舞了许多人，因为他们从一个新的角度告诉人们，成功与"劳其筋骨，饿其体肤"、"三更灯火五更鸡"、"头悬梁，锥刺股"没有必然的联系。只要你对某一事业感兴趣，长久地坚持下去就会成功，因为上帝赋予你的时间和智慧够你圆满做完一件事情。后来，这位青年也获得了成功，他成了韩国泛业汽车公司的总裁。

启示：人世中的许多事，只要想做，都能做到，该克服的困难，也都能克服，用不着什么钢铁般的意志，更用不着什么技巧或谋略。并不是因为事情难我们不敢做，而是因为我们不敢做事情才难的。只要一个人还在朴实而饶有兴趣地生活着，他终究会发现，造物主对世事的安排，都是水到渠成的。

断　剑

　　春秋战国时代，一位父亲和他的儿子出征打战。父亲已做了将军，儿子还只是马前卒。又一阵号角吹响，战鼓雷鸣时，父亲庄严地托起一个箭囊，其中插着一支箭。父亲郑重地对儿子说："这是家袭宝箭，佩带身边，力量无穷，但千万不可抽出来。"那是一个极其精美的箭囊，厚牛皮打制，镶着幽幽泛光的铜边儿，再看露出的箭尾，一眼便能认定用上等的孔雀羽毛制作。儿子喜上眉梢，贪婪地推想箭杆、箭头的模样，耳旁嗖嗖的箭声掠过，儿了仿佛看到了敌方的主帅应声折马而毙的情景。果然，佩带宝箭的儿子英勇非凡，所向披靡。儿子再也禁不住得胜的豪气，完全忘记了父亲的叮嘱，强烈的欲望驱赶着他"呼"一声就拔出宝箭，试图看个究竟。骤然间他惊呆了。一只断箭，箭囊里装着一只折断的箭。我一直挎着只断箭打仗呢！儿子吓出了一身冷汗，意志轰然坍塌了。

　　结果，儿子惨死于乱军之中。拂开蒙蒙的硝烟，父亲拣起那柄断箭，沉重地啐一口道："不相信自己的意志，永远也做不成将军。"

　　启示：自己才是一支箭，若要它坚韧，若要它锐利，若要它百步穿杨、百发百中，磨砺它，拯救它的都只能是自己。

照镜子

美国从事个性分析的专家罗伯特·菲利浦有一次在办公室接待了一个因自己开办的企业倒闭、负债累累、离开妻女到处流浪的流浪者。那人进门打招呼说："我来这儿，是想见见这本书的作者。"说着，他从口袋中拿出一本名为《自信心》的书，那是罗伯特许多年前写的。流浪者继续说："一定是命运之神在昨天下午把这本书放入我的口袋中的，因为我当时决定跳到密西根湖，了此残生。我已经看破一切，认为一切已经绝望，所有的人（包括上帝在内）已经抛弃了我，但还好，我看到了这本书，它使我产生新的看法，为我带来了勇气及希望，并支持我度过昨天晚上。我已下定决心，只要我能见到这本书的作者，他一定能协助我再度站起来。现在，我来了，我想知道你能替我这样的人做些什么。"在他说话的时候，罗伯特从头到脚打量流浪者，发现他茫然的眼神、沮丧的皱纹以及紧张的神态，完全地向罗伯特显示，他已经无可救药了。但罗伯特不忍心对他这样说。因此，他请他坐下来，要他把他的故事完完整整地说出来。听完流浪汉的故事，罗伯特想了想，说："虽然我没有办法帮助你，但如果你愿意的话，我可以介绍你去见本大楼的一个人，他可以帮助你赚回你所损失的钱，并且协助你东山再起。"罗伯特刚说完，他立刻跳了起来，抓住罗伯特的手，说道："看在老天爷的分上，请带我去见这个人。"罗伯特拉着他的手，引导他来到从事个性分析的心理试验室里，和他一起站在一块看来像是挂在门口的窗帘布之前。罗伯特把窗帘布拉开，露出一面高大的镜子，他可以从镜子里看到他的全身。罗伯特指着镜子说："就是这个人。在这世界上，只有一个人能够使你东山再起，除非你坐下来，彻底认识这个人——当作你从前并未认识他——否则，你只能跳进密歇根湖里，因为在你对这个人作充分的认识之前，对于你自己或这个世界来说，你都将是一个没有任何价值的废物。"他朝着镜子走了几步，用手摸摸他长满胡须的脸孔，对着镜子里的人从头到脚打量了几分钟，然后后退几步，低下头，开始哭泣起来。过了一会儿，罗伯特领他走出电梯间，送他离去。几天后，罗伯特在街上碰到了这个人，而他不再是一个流浪汉形象，他西装革履，步伐轻快有力，头抬得高高的，原来那种衰老、不安、紧张的姿态已经消失不见。他说，他感谢罗伯特先生，让他找回了自己，便很快找到了工作。后来，那个人真的东山再起，成为芝加哥的富翁。

启示：如今，在每一场的成功训练中，都有这样一个"照镜子"的课程。我想，哪位失败的朋友和追求成功的朋友，进去"照一照"，定会与你以往出门前"一照"的效果大不一样。

明智的一厘米

撑竿跳名将布勃卡有个绰号"一厘米王"，因为在重大比赛中，他几乎每次都能刷新自己保持的纪录，将比赛成绩提高一厘米。

巴塞罗那奥运会前就有人披露其中的奥秘，此公训练时常跃过6.25米的高度。但是，在正式比赛中他从不拿出真本事，而是一厘米一厘米地提高自己的纪录。因为他与赞助人和运动组织者有约，每破一次记录可得 75 万美元的奖金。所以，他说："大幅度提高是不明智的。"

步勃卡如此这般，称雄多年。

启示：小积累才有大进步。一步登天总是痴人的想法。

 # 练出值百万美金的笑容

1930 年初秋的一天，清晨，一个只有 1.45 米的矮个子青年从位于日本东京目黑区的公园长凳上爬了起来，徒步去上班，他因为拖欠房租已经在公园的长凳上睡了两个多月了。他是一家保险的推销员，虽然工作勤奋，但收入少得可怜，每天还要看尽人们的脸色。

一天，年轻人来到一家佛教寺庙向住持介绍投保的好处。老住持很有耐心地听他把话讲完，然后平静地说："听完你的介绍之后，丝毫引不起我投保的意愿。人与人之间，像这样相对而坐的时候，一定要具备一种强烈吸引对方的魅力，如果你做不到这一点，将来就没什么前途可言了……"

从寺庙里出来，年轻人一路思索着老和尚的话，若有所悟。接下来，他组织了专门针对自己的"批评会"，请同事或客户吃饭，目的只为让他们指出自己的缺点。

"你的个性太急躁了，常常沉不住气……""你有些自以为是，往往听不进别人的意见……""你面对的是形形色色的人，你必须要有丰富的知识，所以必须加强进修，以便能很快与客户寻找到共同的话题，拉近彼此间的距离。"……

年轻人把这些可贵的逆耳忠言——记录下来。每一次"批评会"后，他都有被剥了一层皮的感觉。通过一次次的批评会，他把自己身上的缺点劣根性一点点剥落了下来。

与此同时，他练习出了含义不同的 39 种笑容，并一一列出各种笑容要表达的心情与意义，然后再对着镜子反复练习，他甚至每个周日晚上都要跑到日本当时最著名的高僧伊藤道海那儿去坐禅。

年轻人开始像一条成长的蚕，随着时光的流逝悄悄地蜕变着。到了 1939 年，他的销售业绩荣膺全日本之最，并从 1948 年起，连续 15 年保持全日本销售第一的好成绩。1968 年，他成为了美国百万圆桌会议的终身会员。

这个人就是被日本国民誉为"练出值百万美金笑容的小个子"、美国著名作家奥格·曼狄诺称之为"世界上最伟大的推销员"的推销大师原一平。

启示："我们这一代最伟大的发现是，人类可以由改变自己而改变生命。"原一平用自己的行动印证了这句话，那就是：有些时候，迫切应该改变的，或许不是环境，而是我们自己。

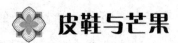

皮鞋与芒果

一个成功的富商和一个罪犯回忆他们的童年，提到了相似的一件事。

犯人说："小时候，妈妈给我和弟弟买了两双鞋子，一双是布鞋一双是皮鞋。妈妈问我们，你们想要哪一双？我一看那双皮鞋很漂亮，非常想要。可是弟弟抢先喊：'我要皮鞋！'妈妈看了他一眼，批评他说：'好孩子要学会谦让，不能总把好的留给自己。'于是我心里一动，改口说：'妈，我要布鞋好了。'妈妈听了很开心，就把那双皮鞋给了我。我得到我想要的东西，也从此学会了撒谎。以后，为了得到每一件我想得到的东西，我都不择手段，直到我进了监狱。"

成功的富商说："小时候，妈妈给我和弟弟买了两只芒果，一只大些一只小些。妈妈问我们，你们想要哪一只？我一看那只大芒果很好吃的样子，我非常想要。可是弟弟抢先说：'我要大的！'于是我就跟妈妈说：'妈妈，我和弟弟都是你的孩子，我们应该比赛得到那只大芒果，因为我也想要大的。'于是我和弟弟开始比赛。我们把家门外的木柴分成两组，谁先劈好谁就有权得到大芒果，最后，我赢了。以后，为了得到每一件我想得到的东西，我都会努力争取第一，因为我知道通过努力，就能得到奖赏。"

启示：想要的就要争取，但要用正确的方法。

风险投资

主人外出，招来三个仆人，按他们不同才干分配银子：A 五千、B 两千、C 一千。主人走后，A、B 二人用所得银子做生意，分别赚了五千，C 仆人胆小慎微，为显示对主人的忠诚，将一千两银子埋了起来。主人回来后，对 A、B 二人赞赏有加，说："好，我要把许多事派你们管理，让你们享受主人的欢乐。"对 C 仆人，斥其懒惰与胆怯，逐出门外，并将一千两银子奖赏给已拥有一万两银子的那位仆人。

现代企业需要的不仅是忠实，更渴求胆识。畏手畏脚、从不冒险的企业家顶多维持不亏本的境地，而取得卓越成功的通常皆是有胆有识、敢冒风险的人。

风险和利益的大小是成正比的。如果风险小，许多人都会去追求这种机会，因此利益也不会很大。如果风险大，许多人就会望而却步，所以能得到的利益也就大些。从这个意义上来说，有风险才有利益。可以说，利益就是对人们所承担的风险的相应补偿。

启示：往往大的成果都属于敢于投资风险的人。

 ## 你的引信比别人长

一个高中生喜爱篮球运动，但在学校的篮球队里，他的球艺和身高都不如人，经常被教练批评，有几次教练还想要淘汰他另择人选。可是，主教练认为他有潜力，还是让他留在队里，并且让他随队观看比赛，任务是为队员们抱衣服。同时，他趁留队的机会苦学球艺，一年后，他当上了学校篮球队主力，才华终于得以展现。

他就是迈克尔·乔丹——美国的一名天才篮球运动员。

人生就是这样，有的人一开始就锋芒毕露，让别人首先看到，从而得到重用和关注。而有些人在成长的道路上，往往会遭遇种种挫折，他的各个方面都很平庸，被别人轻视和看低。这很像一个爆竹，总有一个时候它会腾空而起，引信短的，它首先在空中炸响，而引信长的，则需要等待才能听到爆竹声。

引信长的爆竹，在它等待火种到来的时刻，往往让人难以发现它的热烈。但是，只要给它时间，你就会等到它给你带来的意外惊喜。

启示：人生在世，你要相信自己是一个爆竹，如果你离成功尚远，那么请相信，你的引信比别人长。只要有一定的时间，只要努力，只要让生命不停地燃烧，你就会在空中炸出最响亮的声音。

# 生命之翼

生物课堂上，老师问了同学们一个有趣的问题："在某个经常刮暴风的小岛上生活着两种昆虫，一种昆虫的翅膀阔大，另一种昆虫的翅膀窄小，问哪一种昆虫更适于在小岛上生存？"有同学说："应该是翅膀阔大的更适于小岛上生存吧？因为岛上的风那么大，翅膀太小怎么能飞起来呢？"老师笑了，说："翅膀越大，海风对它的作用不就越大吗？大翅的昆虫在逆风飞行时会十分吃力，它很可能因为翅膀的阔大为自己招来杀身之祸——被暴烈的海风掀翻，摔死在坚硬的礁石上。相比之下，小翅膀的昆虫就可能迎着海风惬意地飞，就像在海底穿梭的梭子鱼，轻捷、有力。可不要小瞧那窄小的翼翅，那才是聪明的昆虫战胜暴风的最得力的武器呢！"

仔细想想，人又何尝不是如此呢？

曾经艳羡过"其翼若垂天之云""水击三千里"的大鹏鸟，以

为唯有那样的飞行才堪称是真正的飞行。我们却不知道，在锻造自己的飞行之翼的时候，我们不经意地往里面添加了许多阻遏自己飞行的材料。

启示：在地球这个宇宙中的小岛上，风暴不断袭来。如果我们总是奢望用垂天之翼瞬时飞越成功之巅，那么，我们很可能会像那翅膀阔大的昆虫一样，被风掀翻，成为礁石的祭品。练就你的生命之翼，让它带着你轻捷地飞翔！

 **带伤的船**

英国劳埃德保险公司曾从拍卖市场买下一艘船，这艘船 1894 年下水，在大西洋上曾 138 次遭遇冰山、116 次触礁、13 次起火、207 次被风暴扭断桅杆，然而它从没有沉没过。

劳埃德保险公司基于它不可思议的经历及在保费方面带来的可观收益，最后决定把它从荷兰买回来捐给国家。现在这艘船就停泊在英国萨伦港的国家船舶博物馆里。

不过，使这艘船名扬天下的却是一名来此观光的律师。当时，他刚打输了一场官司，委托人也于不久前自杀了。尽管这不是他的第一次失败辩护，也不是他遇到的第一例自杀事件，然而，每当遇到这样的事情，他总有一种负罪感。他不知该怎样安慰这些在生意场上遭受了失败的人。

当他在萨伦船舶博物馆看到这艘船时，忽然有一种想法，为什么不让他们来参观参观这艘船呢？于是，他就把这艘船的历史抄下来和这艘船的照片一起挂在他的律师事务所里，每当商界的委托人请他辩护，无论输赢，他都建议他们去看看这艘船。

它会让他们知道：在大海上航行的船没有不带伤的。

启示：虽然屡遭挫折，却能够坚强地百折不挠地挺住，这就是成功的秘密。

 # "一"字的秘诀

明朝万历年间，中国北方的女真为患。皇帝为了要抗御强敌，决心整修万里长城。当时号称"天下第一关"的山海关，早已年久失修，其中"天下第一关"的题字中的"一"字，已经脱落多时。万历皇帝募集各地书法名家，希望恢复山海关的本来面貌。各地名士闻讯，纷纷前来挥毫，但是依旧没有一人的字能够表现天下第一关的原味。皇帝于是再下诏告，只要能够中选的，就能够获得最大的重赏。经过严格的筛选，最后中选的，竟是山海关旁一家客栈的店小二，出乎了所有人的预料。

在题字当天，会场被挤得水泄不通，官家也早就备妥了笔墨纸砚，等候店小二前来挥毫。只见主角抬头看着山海关的牌楼，舍弃了狼豪大笔不用，拿起一块抹布往砚台里一蘸，大喝一声："一"，十分干净利落，立刻出现绝妙的一字。旁观者莫不给予惊叹的掌声。有人好奇地问他为何能够如此成功的秘诀。他被问之后，久久无法回答。后来勉强答道："其实，我想不出有什么秘诀，我只是在这里当了30多年的店小二，每当我在擦桌子时，我就望着牌楼上的

"一"字，一挥一擦就这样而已。"

原来这位店小二，他的工作地点，正好面对山海关的城门，每当他弯下腰，拿起抹布清理桌上的油污之际，刚好这个视角，正对准"天下第一关"的"一"字。因此，他不由自主地天天看、天天擦，数十年如一日，久而久之，就熟能生巧、巧而精通，这就是他能够把这个"一"字临摹到炉火纯青、惟妙惟肖的原因。

启示：练习造就完美，熟练才能精通。举凡一些在各行各业出类拔萃的顶尖人士，尽管这些顶尖人物优点不一而足，成就也在不同领域开花结果，他们却都有一个共通也是最基本的特点：热忱、专注与精通。因为热忱，所以能够投入强大的动力与能量；因为专注，才能心无旁骛、勇往直前；也更因为热忱与专注，才能达到专业与精通的境界。

企鹅的沉默

企鹅在大海里觅食后，返回陆地时，需要以一个冰窟为出口往外跳跃。为了登陆成功，企鹅在起跳前，一般先要猛扎入大海三米多深，然后借助海水的浮力从冰窟里一跃而起，落上冰面。在企鹅的团队里，领头的企鹅担负着十分艰巨的任务，它不仅要对"出口"有准确的判断力，还要有冲锋在前的勇气。

体态肥硕的海豹是企鹅的天敌之一。聪明的海豹发现企鹅常出入的冰窟后，就会趴在冰窟旁边，采取守株待兔的方式，伺机捕食企鹅。领头的企鹅犹如一枚炮弹从冰窟里"射"出来，由于速度很快，它越过海豹晃动的脑袋，在落到冰面的一刹那迅速站起来逃开。此刻，这只企鹅不会发出一声惊叫，它以沉默掩盖自己的恐惧。紧接着，跟在后面的企鹅相继从冰窟里跳出来，有的从海豹的身边溜过，有的从海豹的头顶越过。海豹趁机张大嘴巴，左一下右一下地去捕食送到眼前的"猎物"，最终，它叼到一只反应稍显迟钝的企鹅，然后潜入大海，享用美味。

按理，领头的企鹅出冰窟，看见海豹后，应当发出信号，提醒后面的企鹅改变行动计划，以躲开海豹的袭击。但是，它为什么要保持沉默呢？这是因为，假如它发出在冰窟遇到天敌的信号，就会导致企鹅们由于惊慌而乱作一团，影响"登陆"计划的顺利完成。倘若企鹅们一直被困在危机四伏的大海里，将会面临更大的危险和损失：要么它们会因体力不支，淹死在大海里；要么会遭到几条鲨鱼的围追堵截。到那时，死去的就不止一只企鹅了。所以，企鹅"首领"在危难关头，保持沉默是明智的选择，它用善意的沉默稳定了"军心"。

启示：人们对有可能遇到的困难进行预防，是完全有必要的。但是，有时候过高地估计困难、强调风险，会削弱拼搏的勇气，变得瞻前顾后、缩手缩脚，以致错过成功的良机。

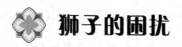# 狮子的困扰

一天，狮子来到了天神面前："我很感谢你赐给我如此雄壮威武的体格、如此强大无比的力气，让我有足够的能力统治整座森

林。"

天神听了，微笑地问："但是这不是你今天来找我的目的吧！看起来你似乎为了某事而困扰呢！"

狮子轻轻吼了一声，说："天神真是了解我啊！我今天来的确是有事相求。因为尽管我的能力再好，但是每天天亮的时候，我总是会被鸡叫声给吵醒。神啊！祈求您，不要让鸡在天亮时叫了！"

天神笑道："你去找大象吧，它会给你一个满意的答复的。"

狮子跑到湖边找到大象，看到大象正在气呼呼地直跺脚。

狮子问大象："你干嘛发这么大的脾气？"

大象拼命摇晃着大耳朵，吼着："有只讨厌的小蚊子，钻进我的耳朵里，我都快痒死了。"

狮子离开大象，心里暗自想着："原来体型这么巨大的大象，还会怕那么瘦小的蚊子，那我还有什么好抱怨呢，毕竟鸡鸣也不过一天一次，而蚊子却是无时无刻地骚扰着大象。这样想来，我可比他幸运多了。"

狮子一边走，一边回头看着仍在跺脚的大象，心想："天神要我来看看大象的情况，应该就是想告诉我，谁都会遇上麻烦事，而神并无法帮助所有人。既然如此，那我只好靠自己了！反正以后只要鸡叫时，就当作鸡是在提醒我该起床了，如此一想，对我还算是有些益处。"

启示：一个障碍，就是一个新的已知条件，只要愿意，任何一个障碍，都会成为一个超越自我的契机。

成功需要多少年

有个少年想成为少林寺最出色的弟子。他问大师："我要多少年才能那么出色？"

大师回答说："至少十年。"

少年说："十年时间太长了。如果我付出双倍的努力，需要多长时间呢？"

大师回答说："二十年。"

少年又问："如果我夜以继日地练习呢？"

大师回答说："三十年。"

少年灰心了，他不解地问大师："为什么我每次说更加努力，你反而告诉我需要更长的时间呢？"

大师说："当你一只眼睛只顾盯着目标时，那么就只剩下一只眼睛去寻找道路了。"

心理学上有个著名的"瓦伦达效应"，是说美国一个叫瓦伦达的高空走钢索的表演者，在一次重大表演之前，他不停地向妻子说："这次太重要了，千万不能失败。"结果，瓦伦达在那次重大表演中失足身亡。

启示：只顾着朝目标奔去，反而会减缓步伐，甚至离成功越来越远。

❀ 雪狼斯巴鲁

斯巴鲁是一头雪狼，麾下 30 头骁勇善战的勇士，在西伯利亚那些食草动物眼里，斯巴鲁是当之无愧的霸者。但在波塞敦眼里，斯巴鲁却根本不值一提。

体重 350 公斤，身长 2.5 米的波塞敦是一头西伯利亚虎，一身雪一样的外皮，灿烂的灰色虎纹，犹如传说中的上古神兽"白虎"一样神秘和充满杀伤力。

波塞敦看斯巴鲁，犹如斯巴鲁看那些北极狐，有一种发自内心的俯视和不屑。再加上它们的菜单如出一辙，尽管斯巴鲁从未主动去招惹过波塞敦，但波塞敦却很给它面子，抬举它和它的同类成了自己的敌人。

对于波塞敦而言，敌人这个概念是很短暂的。因为凡是被它视为敌人的目标，都已经被它干净利落地干掉，就连尸体也化为了它体内的卡路里——这种同化敌人的方法，波塞敦觉得非常直接且管用。

波塞敦体型庞大，但脑子却不笨，没有弱智到以一当十地去攻击狼群。但是，一旦有落单的狼被它盯住，结局就不容乐观了——打，打不过；逃，逃不了。就算在第一时间发出求援的号叫，波塞敦也可以在后援军团赶到前发出致命一击，然后叼起战利品远遁。

半年之内，斯巴鲁的 7 个手下葬身在了波塞敦的口里。既然躲不过，那就拼了吧，斯巴鲁带着狼群里最勇敢的 12 头公狼，向波塞敦发起了主动进攻。波塞敦起先就没打算自己一个单挑一群，如今更不会接受对方一群群殴自己一个。它迅速地拔腿就跑，领着这一群狼们兜圈子，除了吓得行经途径上的别的动物们鸡飞狗跳外，它连毛都没掉一根。

围剿以闹剧收场，日子于是又回到了原点，落单的狼遇到波塞敦，它依然毫不手软，若不是狼群里的母狼能生善养，狼群就差点走到了灭族的边缘。悻悻地蹲守在远东的冻土上，斯巴鲁苦恼无比——遇上这样一个难缠的对手，真的很头痛！

如果说有比被一头猛虎盯上更头痛的事，那么就是被两头猛虎盯上了。也不知斯巴鲁走了什么霉运，一个波塞敦已经让狼群惶惶不可终日了，偏偏又冒出了一个奥丁。

奥丁是一头正值壮年的雄性西伯利亚虎，因为迁徙来到中国东北境内，相对温暖的气候使得它身上的斑纹比别的西伯利亚虎来得更深，透着一种奇异的红色，如同巫师用暗红的鲜血描绘的符咒，充满了勾魂夺魄的威慑力和神秘感。远远打量着奥丁与波塞敦的雄壮身躯，斯巴鲁发自内心的泄气——准备迁徙吧，恐怕这片世代栖息的土地上再没有狼群的容身之处了。

可是，波塞敦与奥丁的第一次会面让斯巴鲁小小松了一口气。或许都是睥睨一世的王者吧，它们谁也不服谁，而且彼此看起来都觉得对方不怎么顺眼。它们隔着一段距离，态度强硬地吼叫和恫吓，并借此衡量对方的实力。或许最后双方都没有必胜的把握，它们不约而同地选择了各自退走，火速用尿液圈定自己的地盘，各自为政地守着自己的势力范围，暂时相安无事了。

但只要它们不是朋友，斯巴鲁就一定要它们成为敌人——它吃准了波塞敦和奥丁最大的弱点——或许是太相信自己的实力，它们就像两个火药桶，只需要一个小小的火苗，就会马上炸开。

受益终生的哲理故事

斯巴鲁很愿意担起这点火的任务，火苗就是一头被狼群活捉的小驯鹿。斯巴鲁轻手轻脚地将小驯鹿拖到了一个很敏感的地点放下，然后毫不犹豫地咬断了小驯鹿的四肢，随着鲜血喷涌，小驯鹿顿时发出了尖利的惨叫———斯巴鲁马上远遁。放下小驯鹿的地点正好处在波塞敦和奥丁地盘的交界处，鲜血的气息和垂死的惨叫很快就会惊动它们———一场好戏即将上演。

果然，小驯鹿同时吸引了波塞敦和奥丁，率先赶来的是波塞敦，它扑上去结束了小驯鹿的性命，开始享受最爱的新鲜内脏。可刚刚咽下两口心脏，前方传来的威严吼叫就打断了波塞敦的飨宴———奥丁也来了。对于波塞敦在自己地盘边上享用美餐的举动，奥丁非常不满，它以一声低吼明确表示了自己的驱逐意思，波塞敦能识趣地离开？

换作平时，波塞敦可能会避开争端，可是，进食的时候是老虎最危险的时候，被迫中断美餐更是会让它们马上变得暴躁起来。波塞敦毫不示弱，双眼变得血红，怒吼着回应奥丁的驱逐，让它滚开，不要打扰自己的美餐。波塞敦的这种态度顿时也激怒了奥丁，它怒吼着接受了挑战。一个照面之后，它们已经闪电般地打斗到了一起。

躲在远处观战的斯巴鲁根本只能看见一白一黄两道身影忽而融合忽而分开，间或会有血花迸发，震天动地的吼声已听不出到底出自谁的喉咙。随着双方不断挂彩，它们的真火也完完全全拼了出来———从未有过对手能让自己陷入这样的苦战狼狈境地，若不杀了它，实在无法消解心头之恨———战斗，陷入了不死不休的死地。

波塞敦和奥丁的扑击终于慢了下来，每次发起冲锋前，双方都需要趴在地上静静养精蓄锐，斯巴鲁悄悄退却，它火速返回狼群，召集属下最善战的队伍，激动无比地向战场开进了。

当狼群浩浩荡荡地来到波塞敦和奥丁的战场时，以往让它们畏惧不已的两只西伯利亚虎都已经筋疲力尽、伤痕累累，波塞敦的咽喉遭到了重创，而奥丁的肚腹上也有一个狰狞的大洞。

不用斯巴鲁催促，狼群顿时兴奋起来，分为两组向波塞敦和奥丁发起了最后的进攻。换作平日，波塞敦和奥丁都不会把这些雪狼放在眼里，可是，应战几乎耗尽了它们的力气，身体的创伤更是让它们无法展开及时的反击。几乎只在转眼之间，似乎可以耸立天地间永远不败的它们败了，而且结局一样——死亡。

启示：能够击败强者的，原来往往不是另一个强者。

 # 你会选择谁

有这样一个选择题：

候选人 A：他跟一些不诚实的政客有往来，会星象占卜学，他有婚外情，是一个老烟枪，每天喝 8 到 10 杯的马丁尼。

候选人 B：他过去有过两次被解雇的记录，睡觉睡到中午才起来，大学时吸鸦片，而且每天傍晚会喝一大夸脱威士忌。

候选人 C：他是一位授勋的战争英雄，素食主义者，不抽烟，只偶尔喝一点啤酒。从没有发生婚外情。

如果让你选择其中一位做你的丈夫，你会选择谁？

候选人 A 是富兰克林·罗斯福，候选人 B 是温斯顿·丘吉尔，候选人 C 是亚道夫·希特勒。

启示：不要用既定的价值观来思考事物，成功有时别有窍门。

禅 理 篇

 现在就来拥抱我

在日本，有一位伟大的女禅师，名字叫慧春。

慧春很年轻就出家了，当时日本还没有专给尼师修行的庵堂，她只好和 20 名和尚，一起在一位禅师座下习禅。

慧春的容貌非常美丽，剃去了头发，穿上素色的法衣非但没有减损她的美，反而使她的姿容更显得清丽脱俗，因此与她一起学禅的和尚，有好几位偷偷地暗恋着她。其中一位还写了情书给她，要求一次私下的约会，慧春收到情书之后，不动声色。

第二天，禅师上堂说法，说完之后，慧春站起来对着写信给她的和尚说："如果你真的像信里写的那样爱我，现在就来拥抱我！"

说完后，当场就有几位和尚满头大汗地离开了。

这是非常动人的习禅故事，它表达了一种当下承担的精神，学禅的人对于开悟固然必须承当，但对于生命，是不是也该有相同的承当呢？禅的生活，不是依靠想象力的生活，当然也不是寄望于天堂的生活，而是公开明朗地面对此时此刻的生活，看见心念中的阴暗面，把它翻转过来，使其明亮。慧春所说的"公开的拥抱"，正是"公开的爱"，也就是"光亮明朗的生活态度"。

禅理： 对于禅者，每一个心念、每一个生活动作，都可以摊开在阳光下检视。

❀ 金 钵

金碧峰禅师忽见屋里晃动着两个影子，一道白光，一团墨点，如同悬置一般挪动，那是黑白无常前来捉拿他，他自知大限降临。

金碧峰禅师仅那么一瞥，又沉浸在禅定之中。夜色灌满了禅房。他的身体像墨块一样，融入夜之水中。

黑白无常明明看见金碧峰禅师的身影，却发现霎时没了痕迹。他俩搜寻一遍，仅是个空空的禅房。

接连三天，黑白无常明确金碧峰禅师应该在禅房，想着可以轻易得手，只是，禅师无踪无迹，仿佛那禅房是禅师的躯壳，去敲去摸，并无反应。

黑白无常便打听，一打听，他们不得不敬佩，禅师已修成正果，达到无物的境界。他俩已感到难以交差，毕竟还没碰到过如此棘手的事情。后来，两位无常探知金碧峰禅师有一只纯金铸就的金钵，外形精致华丽，此物为皇帝所赐。

黑白无常认定有希望了。金碧峰禅师唯一的偏爱就是那只金钵，参禅的间隙，他偶尔会拿出来欣赏，那时，他就起了凡夫之情，喜爱狠了，禅定时，就会动了俗人的念头，那个瞬间，禅师的身形就会显现。

黑白无常商定，等候禅师动念那一刻，他俩立即下手。一个伸手不见五指的夜晚，黑白无常潜伏在禅房里。

漫漫长夜，黎明前的时候，又静又黑，恍惚中，禅师念头一闪：阳光里金色的金钵。禅师的形象犹如深潭中浮出那样，只见一道白光，一团黑点，禅师警觉出了死亡的逼近，他立即收起了念头。

黑白无常又扑了个空。禅师已无影无踪了。周围静得令人着急。

天一亮，金碧峰禅师做的第一件事，就是把金钵投入炼炉之中。他觉得一身轻松，再无牵挂了。

禅理： 钱财乃身外之物，你若真的把它看得过重，其他一切都会变得很轻，包括你的生命。

如此度他

方丈下山游说佛法。在一家店铺里看到一尊释迦牟尼像，青铜所铸，形态逼真。方丈大悦，心想，若能请回寺里，开启其佛光，永世供奉，真乃一件幸事。可店铺老板要价 5000 元，分文不能少，因见方丈如此钟爱它，更咬定原价不放。

方丈回到寺里对众僧谈起此事，众僧很着急，问方丈打算以多少钱买下它。方丈说："500 元足矣。"众僧感叹不已："那怎么可能!"方丈说:"天理犹存,当然有办法。万丈红尘,芸芸众生,欲壑难填,得不偿失呀,我佛慈悲,普度众生,当让他仅仅赚到这500元!"

"怎样度他呢?"众僧不解地问。

"让他忏悔。"方丈笑答。众僧更不解了。方丈说:"只管按我的吩咐去做就行了。"

方丈让弟子们乔装打扮了一番。第一个弟子下山去店铺里和老板砍价,弟子咬定4500元,未果回山。

第二天,第二个弟子下山去和老板砍价,咬定4000元不放,亦未果回山。

就这样,直到最后一个弟子在第9天下山时所给的价已经低到200元。眼见那一个个买主,价给得越来越低,老板很着急,每一天他都后悔不如以前一天的价格卖给前一个人了,他深深地后悔自己太贪心。到第10天时,他在心里说,今天若再有人来,无论给多少钱我都要立即出手。

第10天,方丈亲自下山,说要出500元买下那尊铜像,老板高兴得不得了——竟然又反弹到了500元!老板当即出手,高兴之余还送给方丈龛台一具。

禅理:欲望无边,凡事有度,一切当适可而止。

哑巴吃蜜

有一个学僧,恭恭敬敬地请教慈受禅师:"禅者悟道时,对于悟得的境界和感受，说得出来吗？"

慈受："既是悟道，说不出来。"

学僧："说不出来的时候，像什么呢？"

慈受："像哑巴吃蜜！"

学僧觉得很有道理，但随即又产生了一个新的疑问："一个禅者没有悟道时，但他善于言辞，说得头头是道，他说的能够算悟吗？"

慈受："既然还没有悟道，说出的怎算做禅悟呢？"

学僧："但是他说的听起来好像也蛮有道理呀，如果不算做禅悟，那他是什么呢？"

慈受："鹦鹉学舌！"

学僧："哑巴吃蜜和鹦鹉学舌，有什么不同呢？弟子愚笨，请老师讲具体一点儿。"

慈受："哑巴吃蜜，甜在心头，是深深地领悟了禅理，这是'知'，如人饮水，冷暖自知；鹦鹉学舌，语音虽似，却毫无意义，这是'不知'，好像小孩子学说话，并不了解其中的含义。"

学僧："啊，是这样，那么面对那些没有领悟禅理的人，怎么对他们说法呢？"

慈受："自己知道的给他知道，自己不知道的不要给他知道。"

学僧："老师，那您现在是'知'还是'不知'？"

慈受："我现在是哑巴吃黄连，有苦说不出；也如鹦鹉学讲话，讲得非常像。你说我是知还是不知呢？"

学僧很受启发，礼谢而去。

禅理：知之为知之，不知为不知；对不知的东西，切不要信口开河。

❖ 取　水

六月，佛陀一行走在路上，天气十分炎热。大家都觉得口渴难耐，佛陀看看头上的太阳，对弟子罗汉说，前边有一条小河，你去取些水来，大家就在这里等待，暂时都不要走了。

弟子罗汉提着装水的皮囊来到了小河边，由于天气炎热，一条小河已经被蒸发得成了一条小溪。而路人都来这里取水，车马还从小溪中穿梭而过，溪水被弄得十分污浊。

罗汉无奈，只好提着皮囊回到佛陀的身边，告诉大家那水已经很脏，无法将它取回来解渴做饭。建议佛陀带领大家继续前行，去找另一条河水。

佛陀看看头上的太阳，再看看疲惫不堪的众人，对罗汉说："你还去那里取些水来吧，上午我们就走到这里，吃了饭我们再赶行程。

罗汉心想，再去也是浪费时间，但佛陀已经下了指令，他只好提着皮囊再次来到溪边。溪水依然污浊不堪，上面还漂着一些枯枝烂叶，还是无法饮用。这一次，罗汉不敢空手回去，便从小溪里取了半袋泥水回来。佛陀看了污浊的泥水，对罗汉说，我不是不信任你，你没有必要取半袋泥水回来给我看，而是应该等在那里，等事情发生变化。"

罗汉说："如果我们去寻找另一处水源，大概就不是这种情况。"

佛陀说："不，这不符合天下人做事的道理。也许另一条河水也是这样，那你又该怎么办呢？现在你再回去，还是到那条河里去取

受益终生的哲理故事

水，这才是最近、最方便的办法，也是我们做事的一贯道理。"

罗汉很是犯难，又不能不回去，不禁道："大师让我再去取水，是否有什么办法使那溪水变得清澈纯净，我将按照大师的指点去做。"

佛陀说："你什么也不要做，只要等在那里就行，否则你将会使溪水变得更为混浊，如果所有人都不进入那条水域，溪水早就有了变化。现在你要做的是只需要等在那里，等它自己变化就行。"

罗汉第三次返回溪边，这时流动的溪水已经带走了枯叶，水里的泥沙也渐渐沉淀了下去。只一会儿工夫，整条小溪便变得清澈明亮、一尘不染、纯净之至了。面对这样的情景，罗汉先是惊讶，接着就笑了起来，快乐地取回水来。

佛陀说："今天我还没有向大家讲法开示，罗汉三次取水，就算是我今天向大家的开示吧。"

天下没有什么东西是永恒的，也就是说，根本没有什么事物是恒常不变的。只要你看透了这一点，你就会懂得耐心地等待，什么变化都有可能发生。所以，我们没有必要让烦恼长久地停留在我们的内心。

禅理：如果烦恼过不去，那一定是你自己在扰动，而并非烦恼本身不走。

取悦自己

一位诗人写了不少的诗，也有了一定的名气，可是，他还有相当一部分诗却没有发表出来，也无人欣赏。为此，诗人很苦恼。

诗人有位朋友，是位禅师。这天，诗人向禅师说了自己的苦恼。禅师笑了，指着窗外一株茂盛的植物说："你看，那是什么花？"诗人看了一眼植物说："夜来香。"禅师说："对，这夜来香只在夜晚开放，所以大家才叫它'夜来香'。那你知道，夜来香为什么不在白天开花，而在夜晚开花呢？"诗人看了看禅师，摇了摇头。

禅师笑着说："夜晚开花，并无人注意，它开花，只为了取悦自己！"诗人吃了一惊："取悦自己？"禅师笑道："白天开放的花，都是为了引人注目，得到他人的赞赏。而这夜来香，在无人欣赏的情况下，依然开放自己，芳香自己，它只是为了让自己快乐。一个人，难道还不如一种植物？"

禅师看了看诗人又说："许多人，总是把自己快乐的钥匙交给别人，自己所做的一切，都是在做给别人看，让别人来赞赏，仿佛只有这样才能快乐起来。其实，许多时候，我们应该为自己做事。"诗人笑了，他说："我懂了。一个人，不是活给别人看的，而是为自己而活，要做一个有意义的自己。"

禅理：一个人，只有取悦自己，才能不放弃自己。只要取悦了自己，也就提升了自己；只要取悦了自己，才能影响他人。

好好活着

大热天，太阳很毒，寺院里的花儿在烈日下渐渐没了精神。等傍晚小和尚来给花儿浇水的时候，发现那些花已经被晒得不成样了。

小和尚心疼地说："看来这花是救不活了。"

老和尚见状不言语，只是给花浇水。没多久，那些耷拉着脑袋的花朵，居然全抬起头来，而且生机盎然。

"天哪，"小和尚喊，"它们可真厉害，被晒了一天还能撑着不死。"

老和尚笑了："不是撑着不死，是好好活着。"

"这有什么不同呢？"小和尚歪着脑袋问。

"当然不同，"老和尚拍拍小和尚，"一天到晚怕死的人，是撑着不死；每天都向前看的人，是好好活着。得一天寿命，就要好好过一天。那些因为怕死而拜佛烧香的，死后未必能成佛。你想他今生也能好好地活着，他却偏不好好过，老天何必给他死后更好的日子？"

禅理：兵来将挡，水来土掩，灾难未来的时候，我们只需做好一件事——好好活着。

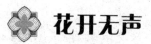

花开无声

寺院里接纳了一个年方16岁的流浪儿，这个流浪儿头脑灵活、手勤脚快。灰头土脸的流浪儿在寺里剃发沐浴之后，就变成了干净利落的小沙弥。法师一边关照他的生活起居，一边因势利导教他为僧做人的一些基本常识。看他接受和领会问题比较快，法师又开始引导他习字念书、诵读经文。也就在这个时候，法师发现了小沙弥的弱点：心浮气躁、喜欢张扬、骄傲自满。例如，他刚学会几个字，就拿着毛笔满院子写、满院子画；再如，他一旦领悟了某个禅理，就一遍遍地向法师和其他僧侣炫耀；更为可笑的是，当法师为了鼓励他，刚刚夸奖他几句时，他马上就在众僧面前显摆，甚至不把任何人放在眼里，大有唯我独尊、不可一世之势。

为了改变他的不良行为和作风，法师想了一个用来启发、点化他的方法。这一天，法师送了一盆含苞待放的夜来香给这位小沙弥，让他在值更的时候，注意观察一下花卉的生长状况。

第二天一早，没等法师找他，他就欣喜若狂地抱着那盆花一路招摇地跑来了，当着众僧的面大声对法师说："您送给我的这盆花太奇妙了！它晚上开放，清香四溢，美不胜收。可是，一到早晨，它又收敛了它的香花芳蕊……"

法师就用一种特别温和的语气问小沙弥："它晚上开花的时候，吵你了吗？"

"没有。"小沙弥高高兴兴地说，"它的开放和闭合都是静悄悄的，哪能吵我呢？"

"哦，原来是这样啊。"法师以一种特殊的口吻说，"老衲还以为花开的时候得吵闹着炫耀一番呢。"

小沙弥愣了一阵之后，脸刷地一下就红了，诺诺地对法师说："弟子领教了，弟子一定痛改前非！"

禅理：花开无声，静水流深。

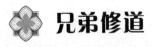 **兄弟修道**

兄弟二人皆立志远游修道，无奈父母年迈，弟妹年幼，老大家

里还有病妻弱子，所以一直未能成行。

某日，一高僧路过，兄弟二人要拜其为师，并将家中难处诉说一遍。高僧双手合十，微闭双目，喃喃自语："舍得，舍得，没有舍哪来得？你二人悟性皆不够，十年后我会再来。"然后飘然而去。

哥哥顿悟，手持经书决绝而去。弟弟望望父母，看看病嫂幼妹，终不能舍弃。

十年后，哥哥归来，口诵佛经，念念有词，仙风道骨，略见一斑。再看弟弟，弯腰弓背，面容苍老，神情呆滞，反应缓慢。

高僧如期而至，问二人收获。

哥哥说：十年内游遍高山大川，走遍寺庙道观，背诵真经千卷，感悟万万千千。

弟弟说：十年内送走老父老母，病嫂身体康复，幼妹成家立业。但因劳累，无暇诵读经书，恐与大师无缘。

高僧微微一笑，决定收弟弟为徒。

哥哥不解，追问缘由。

高僧道："佛在心中，不在名山大川；心中有善，胜读真经千卷；父母尚且不爱，谈何普度众生？舍本逐末，终致与佛无缘。"

哥哥默然。

禅理：凡事要识得根本，本末倒置只会适得其反。

 **解 签**

一个年轻人去寺庙里求签。他很虔诚地敬香，跪拜佛像，然后

抽签。一位老和尚站在一旁。

忽然，年轻人欢喜地大叫一声："谢谢佛祖！"他起身，对老和尚深鞠一躬："法师，麻烦您给我细解一下这个签，行吗？我知道，这是上上签呀！它怎样指引我去取得成功呢？"

良久，老和尚说："你现在是做什么的？"年轻人羞赧地揉揉鼻子，说："一直居无定所，东奔西跑的。"老和尚又问："那么，你追求什么样的成功呢？"年轻人一下来劲了："我想经商呀，白手起家，像李嘉诚、比尔·盖茨那样，做一番大事业。"老和尚问："如果不成呢？"年轻人说："我曾经想参与保险业，从保险推销员干起，逐步做到总裁……"老和尚笑了："你很有志向呀，不过，这个也不成怎么办？"年轻人想了想："说实话，我最初想当作家，写一两本书，畅销全世界，争取获得诺贝尔文学奖。"

老和尚点点头，问："刚才，你说自己居无定所，东奔西跑，是什么意思？"年轻人说："因为我这几年失业几次，不得不常常在外奔波，寻找一份工作糊口呗。"老和尚问："能糊口了吗？"年轻人惭愧地揉揉鼻子："唉……不过，我不时能得到家人和朋友的接济。"老和尚宽容地笑了："我无意反对世人追求成功的心情，但是，生存先于成功、大于成功——佛祖根本就不会去帮助一个连基本生存都没有解决的人去凭空追求成功的。"

年轻人显然很震惊，问："那么，这个上上签究竟是什么意思呢？"

老和尚笑答："依我看，它是说你的生活就要安定了。相对你的目前而言，它的确是上上签。"

禅理：追求不能好高骛远，解决眼下的问题才是实现大目标的起点。

悟 道

在南北相对的两座大山上，各有一个寺院。他们相互之间的见解、主张不完全相同，所以两个寺院的人颇有些不和。

每天早上，两个寺院分别派一个小和尚到山下的市场去买菜。两个小和尚血气方刚、年轻气盛、互不服气，在市场上相遇，经常或明或暗地较劲使力。

一天，南寺院的小和尚问："你到哪里去?"

北寺院的小和尚答道："脚到哪里我就到哪里。"

南寺院的小和尚听到他这样说，不知道如何回答是好。买完了菜，他回到寺院向师父请教，师父说："下次你碰见他的时候，就用同样的话问他，如果他还是那样回答，你就说：'你没有脚，你到哪里去?'这样你就能击败他了。"小和尚听完，心里非常高兴。

第二天早上，南寺院的小和尚又问道："你到哪里去?"

北寺院的小和尚答道："今天的白菜很新鲜。"

答案完全出乎意料，南寺院的小和尚一时语塞。回到寺院，师父见小和尚满脸晦气，便问道："难道我教给你的方法不灵吗?"

小和尚便将早上的事如实讲了出来，师父听了哭笑不得，对小和尚说："那你可以反问他哪一天的白菜不新鲜呢?"

小和尚眼睛一亮，心想："明天一定能取胜!"

第三天早上，南寺院的小和尚又碰见了北寺院的小和尚，于是问道："你到哪里去?"

北寺院的小和尚反问："你又到哪里去呢?"

南寺院的小和尚又没有话了。

禅理：别人的东西永远是别人的，只有自己悟出的才是自己的！

完　美

日本京都有一座知名的禅院，建筑师将这个禅院建造完成后，把天皇请来御览。

天皇在禅院里边走边赞叹："这里真美，真是全日本最漂亮的庭院。"

说着，天皇指着院里池塘边的一块石头说："这块石头，是整个庭院里最绮丽的石头。"

一旁的建筑师听后，马上叫人将这块最绮丽的石头搬走。

天皇诧异地问："为什么要这么做？"

建筑师恭敬地回答："陛下，是这样的：庭院里如果有一样东西特别显眼，就会破坏周围的和谐，我把它移走，这里总算是完美无瑕了。"

禅理：和谐相容才是美，突兀的个体即使再完美对于集体也只是累赘。

大师与凡人

有个信徒问慧海禅师："您是有名的禅师，可有什么与众不同的地方？"

慧海禅师答："有。"

信徒问："是什么呢？"

慧海禅师答："我感觉饿的时候就吃饭，感觉疲倦的时候就睡觉。"

"这算什么与众不同的地方，每个人都是这样的，有什么区别呢？"

慧海禅师答："当然是不一样的！"

"为什么不一样呢？"信徒又问。

慧海禅师说："他们吃饭的时候总是想着别的事情，不专心吃饭；他们睡觉时也总是做梦，睡不安稳。而我吃饭就是吃饭，什么也不想；我睡觉的时候从来不做梦，所以睡得安稳。这就是我与众不同的地方。"

禅理：世人很难做到一心一用，他们在利害中穿梭，囿于浮华的宠辱，产生了"种种思量"和"千般妄想"。他们在生命的表层停留不前，这是他们生命中最大的障碍，他们因此而迷失了自己，丧失了"平常心"。要知道，只有将心灵融入世界，用心去感受生命，才能找到生命的真谛。

人生一团泥

一座大山上有个小庙，庙里住着一个老和尚和一个小徒弟。

这天，来了一个达官贵人，为小庙捐了很多财物。他在庙里住了一段时间，得到了老和尚和小徒弟的热情接待。他告辞后不久，又来了一个书生。

这书生衣衫褴褛，面黄肌瘦，饿得晕倒在庙门外。老和尚见了，叫小徒弟将他扶进庙里，同样吩咐端上最好的茶、准备最好的斋饭。

小徒弟心里嘀咕起来——上次那位达官贵人，为庙里捐了那么多的财物，自然有资格喝最好的茶，吃最好的斋饭；如今，一个不知哪儿来的"叫花子"，师父还如此厚待他，真不明白。

书生住在庙里的那段时间，小徒弟没给他好脸色看，有时候趁着师父不注意，就端出已经馊掉的斋饭，还不给他吃饱。这一切老和尚都看在眼中。

书生告辞后，老和尚用泥巴塑了一个菩萨，放在庙堂正中，对小徒说是庙里新近请的菩萨。

小徒弟每天都很认真地给菩萨上香，对着菩萨叩头，虔诚地念经。

一个月后，老和尚又将那泥菩萨削琢成一只猴子放在庙堂当中。小徒弟发觉菩萨变成了一只猴子，吓了一跳，几天都没去上香。老和尚问："怎么不去上香了？""师父，那菩萨变成一只猴子了。"小徒弟回答。

老和尚拿过那猴子，再次削琢，一尊菩萨又栩栩如生地出现在小徒弟的面前。小徒弟愣愣地望着师父，不知道是什么意思。

老和尚用棍子在小徒弟的头上敲了一下，慢慢念经，不再理他。

这一敲打，使小徒弟顿悟过来。他说："师父，我明白了。其实每个人的生命就像这团泥，都是一样的，只是塑造了不同的表象而已。而我之所以对前面的达官贵人谦恭，对后面书生无礼，都是因为被其表象所迷惑啊。"

老和尚笑了："其实，认识那平平淡淡却奇妙得可以捏塑出无尽形象的生命之泥，才是人生最大的意义所在。"

禅理：生命的价值是平等的，对待生命的态度不应因贵贱而有差异。

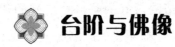

台阶与佛像

有座山上建了一座庙，庙里有尊雕刻精美的佛像。数不清的善男信女沿着一级级石阶走到山顶，在佛像前顶礼膜拜，烧香许愿。一年又一年过去，这座庙一直香火鼎盛，前来拜佛的人络绎不绝。

终于，铺在山路上的石阶开始抱怨了："我说佛像呀，大家同是石头，凭什么我被人蹬来踩去，你却被人供在殿堂？"

佛像笑了笑，说："当年，您只挨六刀，便成为一方石阶，而我是经历了千刀万凿之后，才有了现在的形状！"

禅理：同样，我们每个人也在用今天的坎坷，为自己的未来塑造着形象。

✿ 善良的恶人

在一个寻常的日子，一个香客寥寥的凌晨，寺里来了一位衣着庄重、态度和善的中年男子。

他找到老和尚，诚恳地说："法师，我能否给寺里捐100万元人民币？"老和尚正在拂拭烛台，听了这句话，合掌道："施主，你心中有什么事吗？"男子脸上微微掠过一丝不快，他顿了顿，恢复平和神态，道："这个，您就不用管了吧？"老和尚说："施主不要介意，我只是不希望您浪费金钱——请告诉我，您的钱是准备捐献给谁呢？"男子听了这句话，很意外："这不是明摆着吗？"老和尚笑了："具体地说，是捐给我本人，还是捐给整个寺院，还是……献给神？"男子的神情黯淡了，眉头微皱："法师，您在开玩笑吗？"老和尚说："常人做事，必有目的，你的目的何在呢？"男子终于生气了："看来你不愿意接受。算了，寺院多着呢！"说完，转身就走。

大约一刻钟后，那个男子又回来了，态度恢复了和善。老和尚合掌道："施主还有事吗？"男子有点惭愧地说："请法师原谅我刚才的冒失。是这样的，我的确真心想捐助寺院100万元。你要问目的，就算是建设寺院吧。"老和尚说："寺院的建筑目前状况良好。如果想让这100万尽快发挥作用的话，不如捐献给失学儿童。"男子一听，很高兴："不瞒法师，我捐助过失学儿童，现在，我只想献给寺院。"老和尚说："如果我们接受了捐款，你会有什么感受呢？"男子说："我会觉得宽慰。"老和尚说："好了，我能不能认为你是在用钱买宽慰呢？"男子犹豫片刻，点点头。老和尚合掌道："施主，请别介意我直言——通常来这里捐钱的人，都是直接把很少的钱塞进功德箱里，他们大多不是为了买宽慰，因为钱很少。而你，是用100万来买宽慰，是不是因为心中的罪恶感很强呢？"

男子有些惊慌，也有些恼怒，无言以对。

老和尚诚恳地说："施主，按理说，你是在做善事，可是，善事不等于善心，如果想以一两件善事抵消罪恶，那么，这个善就不是真善，而是恶的帮凶。所以，你捐献100万后，罪恶不但难以减轻，甚至可能加重。"

男子掏出手绢擦汗。老和尚继续说："有些人来寺院捐钱，是用善举而非善心——来欺骗神，这些人，是貌似善良的恶人，或者说，是变善为恶的彻底的恶人。"

男子终于支撑不住了，转身就逃。老和尚对着他的背影，合掌。

禅理：妄图以金钱洗脱罪恶的人，其实又多了一桩罪名——欺骗自己的灵魂。

爱

慧敏是方丈的关门弟子。这年冬月的一个早上，方丈一开寺门便在白花花的雪堆里发现一个十二三岁的孩子。方丈望着几乎没有一点血色的小脸蛋儿，心里不禁一阵痉挛，忙把孩子抱进屋里。方丈将一勺勺姜汤给孩子喂了下去，不一会儿，孩子慢慢地睁开了双眼。

方丈双手合十说："阿弥勒佛。小施主，你是哪里人？为何冻晕在寺前的雪地里?"孩子望着方丈，一句话也说不出来，只有晶莹的两串泪花儿缓缓滚落到了腮边，张了张嘴，发出来的却是咿咿呀呀的呜咽——原来，孩子是个哑儿。

方丈沉思了一会儿，打着手势问道："我收你做关门弟子，不知你可否愿意?"哑儿明白过来后，忽地翻身下榻，跪在地上，冲着方丈磕了三个响头。方丈拉住他道："你虽然是个哑儿，但心地灵通，我就给你取个法号叫慧敏吧。"

慧敏遵照方丈的吩咐，虽然穿上了僧衣，但却不用和师兄弟们一起唱经诵佛，只是每天干些打水扫地的杂活儿。

第二年的夏天，慧敏就已经能够独立默写整部《金刚经》了。

一天，慧敏正在大殿的空地上拔草，忽然看见几个师兄弟们大呼小叫地从大殿里跑了出来，像是发生了什么大事儿。

他转身奔进了大殿，一看是一个进香少女中暑后晕倒在丫环怀里。

慧敏冲到少女跟前，单腿跪地将其上身拖起，伸手按住下巴，便将自己的嘴唇对在了那只樱桃小口上，旁若无人地一鼓一吸运动起来。大约半个时辰后，少女的鼻孔里慢慢地有了些许微弱的气息，而慧敏的后背上也早已湿透了一大片。

大师兄慧圆将慧敏杖击20后押到了方丈座前。

慧圆对方丈说："师父，慧敏在众目睽睽之下犯下了色戒，请师父按律把他赶出山门。"

方丈双目微启，缓声道："先把慧敏放开再说。慧圆啊，亏你也是出家人。你师弟心中只存救人之意。说到色戒，恐怕是你等心中不干不净吧，心中放不下的人才是犯戒。"慧圆欲言又止，讪讪退下。

半年后，寺里要选一名主事。经过了几轮辩经谈法，最后，只剩下了两名选手：慧圆和慧敏。

在师兄弟中，数慧圆声音洪亮，梵语发音地道，所以，九川镇上做法事的人家请他去的也最多。

每回做完法事归来，不但给寺里挣下不少酬金，自己也落得不少散碎银两。慧圆便用自己的积攒去镇上做了一套崭新的袈裟，脖子里也是新买来的紫檀念珠。这一切，都使慧圆更加自信，踌躇满志。

慧圆盘腿打坐，闭目凝神，方丈问一句，他答一句，丁是丁卯是卯，滴水不漏，无懈可击。

再看慧敏，乃是笔答。不同的是他拿了一枚大针，向自己的左手食指刺来，顿时鲜血直流，慧敏提起毛笔以血代墨，落纸成字，一字字写下来，刚柔并济，气势磅礴。霎时，如满天的彩虹，百花竞相吐艳，直把监考的几位长老看了个心惊肉跳。

结果众长老也难分高下，遂判两位参试者平分秋色。

接下来便是参禅。给二人各发了一张白纸和一支毛笔，要求用最少的字写出最大的禅悟心得来。

交卷后，大家屏住呼吸等待评审的最终结果。一个时辰后，方丈迈步出房。"经众长老合议，一致推举慧敏当选。"

慧圆不服，请求追查试卷。方丈笑而不语，轻展袖口，抽出卷子摆在经案上。

众人围上来一看，只见慧圆写的是"空"，而慧敏写的是"爱"。

禅理：万事都可看空，唯爱要谨记于胸。

苹果是譬喻

一个妒妇来到弘光法师的面前，向大师诉说了自己的苦恼。妒妇说："很多年来，我一直怀疑丈夫有外遇。然而在漫长的岁月里，我却没有找到丈夫外遇的证据，因此，每天都忐忑不安。"

大师问："你为什么会怀疑自己的丈夫呢？"

妒妇说："当初和丈夫结为连理的时候，丈夫还是个穷光蛋，我是因为看中了丈夫的人品和能力才嫁给了他。可是今天的丈夫功成名就，事业上如日中天，为人豪爽大方，自然会成为众多女性的追求对象，而我随着岁月的流逝，已经魅力大减了。"

"女人找对象就像买股票，"妒妇说，"你买到了垃圾股，心里非常沮丧；然而一旦买到了绩优股，心里更是忐忑不安。看来，这个世界上真的没有什么可靠的东西。"

弘光法师沉思了一下，从桌子上拿起一个苹果。在展示给这个女人看了之后，弘光法师拿起了一把刀子，开始给苹果削皮。

大师说："这是一个好苹果，可是我怀疑这个苹果里面有虫子。"说着，大师开始一圈圈地把苹果的果肉削掉。大师一边削，一边说："你看，我花了这么大心思寻找虫子，越是找不到，心里越急躁，削苹果的速度也就越快。"

妒妇一边听一边点头，一直到最后，这个女人发现大师的手掌中只剩下了一个干巴巴的果核。

大师笑了。他说："你看，多么美好的东西，因为怀疑它有虫子，我一圈圈地削，削到最后，我们终于发现，这确实是一个好苹果。所谓虫子，其实是不存在的。可是等我们明白的时候，苹果已经没有了，最终只能剩下一个干巴巴的果核。"

禅理：凭空的怀疑只会让你失去更多，有时怀疑别人只是不相信自己。

 # 和尚与禅师

一个和尚出家悟道多年，依然没有开悟长进，他自认为不是出家人的料，便想下山返回尘世。

和尚去向禅师辞行，说道："师父，我天生愚钝，我的脑袋像一块顽固不化的石头，不是悟道的料，我只好下山还俗了。"

禅师并未言语，而是带他来到寺里一尊佛祖像前。

禅师问道："你面前的是谁？"

和尚回答道："神圣的佛祖。"

禅师悄悄地走到佛祖像跟前，他用手轻轻地抚摸着佛祖像问道："这尊佛祖像是什么做成的呢？"和尚回答道："它是石头做成的。"禅师说道："连石头都能做成神圣的佛祖，这可是天下的奇迹了。"

和尚听了禅师这番话，恍然大悟。他立即打消了下山还俗的念头，立志安心修身养性悟道。日后终有所成。

禅理：相信自己，挖掘自己，定能成就自己。

皆因绳未断

一个后生从家里到一座禅院去，在路上他看到了一件有趣的事，他想以此考考禅院里的老禅者。来到禅院，他与老禅者一边品茗，一边闲扯，冷不防他问了一句："什么是团团转？"

"皆因绳未断。"老禅者随口答道。

后生听到老禅者这样回答，顿时目瞪口呆。

老禅者见状，问道："什么使你如此惊讶？"

"不，老师父，我惊讶的是，你怎么知道的呢？"后生说，"我今天在来的路上，看到一头牛被绳子穿了鼻子，拴在树上，这头牛想离开这棵树，到草地上去吃草，谁知它转过来转过去都不得脱身。我以为师父既然没看见，肯定答不出来，哪知师父出口就答对了。"老禅者微笑着说："你问的是事，我答的是理，你问的是牛被绳缚而不得解脱，我答的是心被俗务纠缠而不得超脱，一理通百事啊。"

后生大悟！

禅理：名是绳，利是绳，欲是绳，尘世的诱惑与牵挂都是绳。人生三千烦恼丝，你斩断了多少根？

一支上签一世佛光

两座相邻的山头，北山和南山；两座相似的庙宇，北庙和南庙；两个同样老的和尚。不同的境况，南庙终年香火不断，佛香缭绕，北庙却冷冷清清。北边的香客宁可翻山越岭爬过两座山，或者开着私家车绕过两条盘山公路，也要到南庙烧香。眼看香客越来越少，香火越来越薄，北庙的老和尚坐不住了，带了足够的干粮，独自下山、上山，他想到南庙看个究竟。

入夜，山里一片静寂，两个老和尚坐在庙外的石桌前品茶。北庙的老和尚一脸迷惘说道："论庙宇，北山比这儿修得要好，论诚意，我认真接待每位香客，不敢丝毫懈怠。为什么这儿香客如织，而北山却寥寥无几呢？"主人笑而不答，起身续了一壶竹叶青，袅袅水雾中，取出了白日所用的佛签说道："来，抽一签！"北庙的老和尚犹豫了一下，认真地取了一支说："上签。"主人看也不看签上的内容说："再抽一签！"又取一签还是上签。主人把签放到一旁，还是不看说："再抽！"仍是上签。

北庙的老和尚拿签的手停留在半空中，狐疑地看着主人说："怎么还是上签呢？接着抽！"这次，北庙的老和尚索性取了三支，全是上签！"难道……"他大惊，而后大怒，"这不是愚弄香客吗？世上之事天有阴晴、月有圆缺、事有成败，为何不按佛意如实相告呢？"

主人笑着摇摇头："香客何以求佛呢？或为情所困，或为功名利禄所扰，心乱如麻，举棋不定，需要佛祖指点迷津、授以佛意。一支上签，对处于灰色中的世人来讲，无异于一世的佛光，它带给世人的是人能全、事能圆的坚定信念，世人会因为一支上签点亮心灵之灯，挣脱纷扰，分辨是非，以足够的信心和勇气迎接生活。世上之事本一善一恶，告诉世人摒弃恶念，一心向善，方可成功，如此而已，怎能说是愚弄呢？"

禅理：心有七窍，还有什么比信心更重要呢？

爱 情 篇

离婚后的爱情

他和她邂逅在火车上，他坐在她对面，他是个画家。他一直在画她，当他把画稿给她时，他们才开始有了话题，后来知道彼此住在一个城市。短短数周后，她便认定了他是她一生所爱。

那年，她做了新娘，就像实现了一个梦想，感觉真好。但是，婚后的生活就像划过的火柴，擦亮之后就再没了光亮。

他不拘小节、不爱干净、不擅交往；他崇尚自由，喜欢无拘无束，虽然她乖巧得像上帝的羔羊，可他仍觉得婚姻束缚了他。但是他们仍然相爱，而且他品行端正，从不拈花惹草。

她含着泪和他离了婚，只是带走了家门的钥匙。她不再管他蓬乱的头发，不再管他几点休息，不再管他到哪里去、和谁在一起，只是一如既往地去收拾房间，清理那些垃圾。他也习惯她间断地光

受益终生的哲理故事

临，他也比在婚姻中更浪漫地爱她，什么烛光晚餐、远足旅游、玫瑰花床，她都不是在恋爱和婚姻中享受到的，而是在现在。除了大红的结婚证变成了墨绿的离婚证外，他们和夫妻没什么两样。

后来，他终于成为有名的艺术家，那一尺尺堆高的画稿，变成了一打打花花绿绿的钞票，她帮他经营、帮他管理、帮他消费。他们就一直那样过着，直到他被确诊为癌症晚期。弥留之际，他拉着她的手问她，为什么会一生无悔地陪着他。她告诉他，爱要比婚姻长得多，婚姻结束了，爱却没有结束，所以她才会守候他一生。

感悟：是的，爱比婚姻的长度要长，婚姻结束，爱还可以继续。爱不在于有无婚姻这个形式，而在于内容。

破碎的花瓶

他和她是大学同学，他来自偏远的农村，她来自繁华的都市。他的父亲是农民，她的父亲是经理。除了这些，没有人不说他们是天生的一对，虽然她家人极力反对，他们最终还是走到了一起。

他是定向分配的考生，毕业后只能回到预定的单位。她放弃了父亲找好的单位，随他回到他所在的县城。他在局里做着小职员，她在中学教书，过着艰辛而又平静的生活。在物欲横流的今天，这样的爱情已经很罕见。

那天很冷。她拖着重感冒的身体，在学校给落课的学生补课，她给他打过电话，让他早点回家做饭。可当她又累又饿地回到家时，他不在，屋子里冷锅冷灶，没有一丝人气，她刚要起身做饭，他回来了。她问他去哪了，他说，因为她不能回来做饭，他就出去吃了。她很伤心，含着满眶的泪水走进了卧室。她走过茶几时，裙角扫落了茶几上的花瓶，花瓶掉在地上，碎了。半年后，她离开了县城，回到了繁华的都市。

感悟：这便是婚姻，坚强而又脆弱。如同漂亮的花瓶，放在一个合适的位置，可以经受得住岁月的风化，但是不小心忽略的一碰，掉在地上，就可能会变成无数的碎片。

滴水的窗沿

他和她属于青梅竹马，熟悉得都记得对方呼吸的频率。时间久了，婚姻便有了一种沉闷与压抑。她知道他体贴，知道他心好，可还是感到不满，她问他，你怎么一点情趣都没有，他尴尬地笑笑，怎么才算有情趣？

后来，她想离开他。他问，为什么？她说，她讨厌这种死水样的生活。他说，那就让老天来决定吧，如果今晚下雨，就是天意让我们在一起。到了晚上，她刚睡下，就听见雨滴打窗的声音，她一惊，真的下雨了？她起身走到窗前，玻璃上正淌着水，望望夜空，却是繁星满天！她爬上楼顶，天啊！他正在楼上一勺一勺地往下浇水。她心里一动，从后面轻轻地把他抱住。

感悟：婚姻是需要一点情趣的，它就犹如沙漠中的一片绿洲，让我们疲劳的眼睛感到希望和美，适当地给"左手"和"右手"一种新鲜的感觉吧。

最后的旅行

他是个设计工程师,她是中学毕业班的班主任老师,两人都错过了恋爱的最佳季节,后来经人介绍而相识。没有惊天动地的过程,平平淡淡地相处,自自然然地结婚。

婚后第三天,他就跑到单位加班,为了赶设计,他甚至可以彻夜拼命,连续几天几夜不回家。她忙于毕业班的管理,经常晚归。为了各自的事业,他们就像两个陀螺,在各自的轨道上高速旋转着。

送走了毕业班,清闲了的她开始重新审视自己的生活,审视自己的婚姻,她开始迷茫,不知道自己在他心里有多重,她似乎不记得他说过爱他。一天,她问他是不是爱她,他说当然爱,不然怎么会结婚,她问他怎么不说爱,他说不知道怎么说。她拿出写好的离婚协议,他愣了,说,那我们去旅游吧,结婚的蜜月我都没陪你,我亏欠你太多。

他们去了奇峰异石的张家界。飘雨的天气和他们阴郁的心情一样,走在盘旋的山道上,她发现他总是走在外侧,她问他为什么,他说路太滑,他怕外侧的栅栏不牢,怕她万一不小心跌倒。她的心忽然感到了温暖,回家就把那份离婚协议撕掉了。

感悟:很多时候,爱是埋在心底的,平平淡淡,说不出感觉但是真实存在。

🌸 温顺的丈夫

他和她都是小工人，薪水不高，但是足够生活。丈夫很普通，妻子却很漂亮，也很伶俐。

因为彼此都很有时间，他们每个月或是出去看场电影，或是去逛逛公园，间或出去吃顿晚餐。只要妻子想，丈夫就陪着。只要妻子高兴，只要条件允许，从来不说半个"不"字。一次，他们出去吃饭，妻子让丈夫点菜，丈夫说："点你爱吃的吧！"妻子有点生气："你就没一点自己的主见！是不是有点窝囊！"丈夫愣了，叹了口气："我只是一个普通的工人，不能给你宽敞的住房和漂亮汽车，我只想在自己"能"的范围内，给你最好的。"

感悟：*世界上有卑微的男女，却没有卑微的爱情，爱她，就给她最好的。*

🌸 爱情和婚姻

有一天柏拉图问老师苏格拉底，到底什么是爱情？

老师就让他先去麦田里去，摘一颗最大最金黄的麦穗来，期间只能摘一次，并且只能向前走，不能回头。

柏拉图于是按照老师说的做了，结果他两手空空的走出了田地，老师问他为什么摘不到。

他说:"因为只能摘一次,又不能走回头路,期间即使见到最大最金黄的,因为不知道前面有没有更好的,所以没有摘;走到前面时,又发觉总是没有之前见到的好。原来最大最金黄的麦穗已经错过了,于是我什么也没摘。"

老师说:"这就是爱情。"

又一天,柏拉图问老师苏格拉底什么是婚姻?

老师就让他去树林里,砍下一棵全森林最大最茂盛、最适合放在家做圣诞树的树,其间同样只能砍一次,向前走不能回头。柏拉图于是按照老师的话做了,这次他带了一棵普普通通,不是很茂盛也不是很差的树回来,老师问他:"怎么会带回这么一棵普普通通的树回来?"

他说:"有了上次的经验,在我走了大半路程还两手空空的时候,看到这棵树不太差,便砍了下来免得错过了后,最后又什么都带不回来。"

老师说:"这就是婚姻。"

感悟:最美的是爱情,最平定的却是婚姻。

傻瓜的爱情

从前有两个傻瓜,他们相恋了。但是他们不知道该如何去爱,又很想两个人能永远在一起,所以他们只好请教别人。

他们决定首先去请教刚被评上"模范夫妻"的市长夫妇。

市长告诉男人:"要想维持一段美满的婚姻,主要是看男的。男人只要有了权力、有了钱，就不怕找不到你想要女人，更不用怕女人会离开你。所以，要想和你的女人在一起，就首先要有权利和金钱。"

市长夫人告诉女人："要想维持一段美满的婚姻，主要是看女人，无论男人多么有钱，只要财政大权掌握在女人手里，就不怕男人会到外面去找女人，这就好比放风筝。所以，要想和你的男人永不分离，首先要管住他的钱。"

他们又去请教了一对刚结婚不久的大学生夫妻。

男大学生告诉男人："现在的爱情，提倡多给对方一些空间。两个人老是在一起，不久就会疲倦的。所以，最好的方法是两人分居，一两个星期见一次面，保持新鲜感。"

女大学生告诉女人："新一代的女人，要在社会和家庭中立足，就不能靠男人，那样，她在家庭中的地位才会和男人一样。女人还要学会坚强，不能在男人面前表现得很没用，要懂得有主见，善于驳倒男人的意见。"

男人回到家请教父亲，父亲告诉他："要和你喜欢的女人永远在一起，就千万不能宠你的女人，让她自以为是，不把你放在眼里。男人就要有男人的样子，有男人的尊严。千万不要女人一发脾气就去道歉，这样就会被女人踩在脚底下。"

女人回家去请教母亲，母亲告诉她："要和你的男人永远在一起，女人要学会矜持。千万不能表现出很在乎你的男人，更不能老去找你的男人，让他以为你离开了他就活不了了。"

在请教了这么多权威的意见后，这两个傻瓜坚信，只要按那些人的意见去做，他们就能永远在一起。于是，男人决定去干一番事业，女人也说要出去见见世面，他们约好两个星期见一次面。

在离开女人的第一个星期，男人吃了一个星期的速食面。每到吃饭，他就特别想女人，想和女人一起吃饭、一起聊天。可是，他没有去找女人，因为他记得市长说过，男人要以事业为重，要有金钱和权力；男大学生说过，要多给对方一些空间。

在离开男人的第一个星期，女人在外干活，总是被老板骂。每到夜深人静的时候，女人就特别想男人，想对男人说她每一天的经历，想抱着男人放声痛哭。可是，她没有去找男人，因为她记得女大学生曾经对她说过，女人要有自己的事业，不能在男人面前表现得很没用；母亲曾经说过，女人要矜持，不能主动去找男人。

就这样，他们过了三年。男人在外面赚了很多钱，女人也有了自己的事业。每次回家，女人第一件事就是问男人赚了多少钱，这是市长夫人教她的。男人第一件事是好好享受女人为他准备的一切，这是父亲教他的。渐渐地，男人觉得女人很肤浅，只喜欢钱；女人觉得男人很冷漠，不体贴女人。于是，他们把两周一次的见面，改为了三周一次。

突然有一天，男人病倒了，他在昏迷中一直叫着女人的名字。女人抛开一切来到男人的身边，没日没夜地守着男人，不停地在他耳边说："你说过要和我永远在一起，我不能没有你。"

在女人的照料下，男人的病终于好了。男人告诉女人，在外面的日子，没有女人在身边，他只能常常吃泡面。他每天都会很想念女人，只是从来没有告诉她。他说他在外面很辛苦，每天回家都好想能看见女人。他不是市长，也不是男大学生，他只想能和他的女人天天在一起。

现在，他们总算得出结论：他们只是两个傻瓜，不能和那些大人物比。他们只希望能天天在一起就够了。最后，他们决定放弃能永远在一起的方式，回到原来属于他们的生活，只要能天天在一起，就算不能永远，他们也认了。于是，他们一边相依相偎地生活着，一边平静地等待着分手的那一天。

三年过去了，他们还是很爱对方。

十年过去了，他们发现他们越来越爱对方了。

三十年过去了，他们还是彼此相爱着。

到了他们老得走不动的时候，他们还是经常会你看着我，我看着你，然后都笑了。

只是有一件事他们始终想不通，为什么他们没有按别人教他们的方法去做，却能这么一直一直地相爱在一起？最后，男人只能无奈地说："大概因为我们是傻瓜吧，傻瓜的爱情和常人是不一样的。"于是，他们约好，如果有来世，他们还要一起做傻瓜。

感悟：爱情的世界是很纯净的，就让它以最自然的形式存在就好了。

❀ 没有合不合适，只有珍不珍惜

刚搬进这个房子的那天，她整理完全部的东西，最后拿出一个非常精致的玻璃瓶，对他说道："亲爱的，3个月内，你让我每哭一次，我就往里面加一滴水，代表我的眼泪。要是它满了，我就收拾我的东西离开这房子。"

男人不以为然，有点纳闷："你们女人也太神经质了吧！就这么不信任我么，那还有什么可谈？我让你搬过来和我一起生活，是为了照顾你，不是欺负你的！"

女人说："好男人不会让心爱的女人受一点点伤，我会记录下我为什么流泪，不会是莫名其妙的。"

两个月后，女人把那瓶子给男人看，说："已经满一半了，在两个月内，我们是否有必要查看一下是什么问题呢？"说完递了一本精致的小笔记本给男人。

男人没有马上打开来看，他的表情里有一丝惊讶，还有点哭笑不得的意味，似乎没有想到女人的眼泪可以这么多，盛得这么快，又觉得女人是小题大做了，但是很可爱。

他打开本子开始看，惊讶女人怎么写了那么多。男人一边看着，女人一边说话："第一次吵架，是在第 3 天，而且还是一大早，你刚醒来有点懵懂，挤的牙膏不知道怎么的飞到镜子上了，那是我刚擦干净的，我说你连挤牙膏都不会啊，你就来脾气了，然后吵起来……"

男人沉默着。女人继续说："还有一次，我很累了，你还不肯去洗澡睡觉，明明知道我特敏感，有点神经衰弱，哪怕一点点敲键盘的声音都能让我难以入睡，我一情急就说了'你这个人自私'的话，我们吵起来，你说了一大堆辩论自己不自私，自私的人是我之后甩门出去上通宵网，我打你电话你没接，我又不敢自己一个人去找你……"

女人这时候有点激动了，眼球开始泛红，说："还有一次……"男人打断了她的话，"亲爱的，别说了……"

长久的沉默……

还是女人打破了沉默："是不是我们真的不合适？如果是这样，结婚了还是会离婚吧？我们的个性都那么强，谁都不肯退让。"

气氛有点尴尬。

本子里记录的事情都是那么细小的事情，每次吵架的原因都是那么地简单，男人看着这本子，似乎在体会着女人的心情，大男子是不会去计较这些小事，原本觉得每次和好之后都没事，女人就爱拿这些来说事，但是当他认真去看的时候，他也开始难过了，女人很细心，把事件、心情都写了，还自己总结了一下原因。原来最微小的事情累积起来是很让人痛苦的，他看得出，女人从失望慢慢变成绝望。

他想，大概是因为每次吵架，两人都是喜欢在吵架中找出对方不爱自己的证据。他突然意识到，这是个很严重的问题！而且每次吵架，双方都是在心情不稳定的时候，就是还有别的烦心事的时候，把不好的情绪带进了两个人的生活里。

"亲爱的，别难过……"男人终于说话了，"我请个假，我们去旅游吧。"

他们去了第一次一起旅游的地方，太多美好的回忆被唤起，原来彼此是那么深深地爱着对方，这时的女人特别温柔，这时的男人特别体贴。

"亲爱的，你还认为我们结婚的话，会离婚么？"男人问。

"我想不是我们不合适，像现在，我们是那么快乐，一切都那么美好，可是一回到我们的现实生活里，为什么就变了呢？"

"亲爱的，难道我们现在不在现实里吗？"

"……"女人愣了。

"因为那时候我们都把注意力集中在负面的事物上并且放大了那些负面的心情，并且喜欢找对方不爱自己的证据，然后彼此个性都很倔，不肯服输。"

女人觉得确实是如此，原来，双方只是需要一点点忍让，一点点包容。男人带她回顾这初次旅游的地点，是真的用心了，想起那时候他们在一起还不久，为了让对方觉得自己好，都表现出自己最好的一面。

"还有半个月，如果那瓶子还是半瓶，那么亲爱的，嫁给我吧！"

后来他们结婚了，很少再吵架。如果粗心的男人不小心碰掉了杯子，女人不会再开口就骂，因为在女人开口之前，男人已经在道歉，说："对不起，都是我不小心的，赔两个给老婆！老婆尽管去选你喜欢的！"女人就笑了，然后说："不用买啦，反正还有杯子，再说也不都是你的错，怪我自己没把杯子放好，让你碰到啦！"

感悟：爱没有合适不合适，只有珍惜不珍惜。

往咖啡里加盐

他和她的相识是在一个晚会上，那时的她年轻美丽，身边有很多的追求者，而他却是一个很普通的人。因此，当晚会结束，他邀请她一块去喝咖啡的时候，她很吃惊，然而，出于礼貌，她还是答应了。

坐在咖啡馆里，两个人之间的气氛很是尴尬，没有什么话题，她只想尽快结束。但是当小姐把咖啡端上来的时候，他却突然说："麻烦你拿点盐过来，我喝咖啡习惯放点盐。"当时，她愣了，小姐也愣了，大家的目光都集中到了他身上，以至于他的脸都红了。

小姐把盐拿过来了，他放了点进去，慢慢地喝着。她是好奇心很重的女子，于是很好奇地问他："你为什么要加盐呢？"他沉默了一会，很慢的几乎是一字一顿地说："小时候，我家住在海边，我老是在海里泡着，海浪打过来，海水涌进嘴里，又苦又咸。现在，很久没回家了，咖啡里加盐，就算是想家的一种表现吧。"她突然被打动了，因为，这是她第一次听到男人在她面前说想家，想家的男人必定是顾家的男人，而顾家的男人必定是爱家的男人。她忽然有一种倾诉的欲望，跟他说起了远在千里之外的故乡，气氛渐渐地变得融洽起来，两个人聊了很久，并且她没有拒绝他送她回家。

再以后，两个人频繁地约会，她发现他实际上是一个很好的男人，大度、细心、体贴，符合她所欣赏的所有的优秀男人应该具有的特性。她暗自庆幸自己当时的礼貌，才没有和他擦肩而过。她带他去遍了城里的每家咖啡馆，每次都是她说："请拿些盐来好吗？我的朋友喜欢咖啡里加盐。"再后来，就像童话书里所写的一样，"王子和公主结婚了，从此过着幸福的生活。"他们确实过得很幸福，而且一过就是四十多年，直到他得病去世。

故事似乎要结束了，如果没有那封信的话。

那封信是他临终前写的，是写给她的："原谅我一直都欺骗了你，还记得第一次请你喝咖啡吗？当时气氛差极了，我很难受，也很紧张，不知怎么想的，竟然对小姐说拿些盐来，其实我没有那种习惯的，当时既然说出来了，只好将错就错了。没想到竟然引起了你的好奇心，这一下，让我喝了半辈子的加盐的咖啡。有好多次，我都想告诉你，可我怕你会生气，更怕你会因此离开我。现在我终于不怕了，死人总是很容易被原谅的，对不对？今生得到你是我最大的幸福，如果有来生，我还希望能娶到你，只是，我可不想再喝加盐的咖啡了，咖啡里加盐，你不知道，那味道有多难喝！"信的内容让她吃惊。然而，他不知道，她多想告诉他："她是多么高兴，有人为了她，能够做出这样的一生一世的欺骗。"

感悟：某种爱，是一生一世的欺骗，也是一生一世的付出。

永远做一只蜻蜓

在一个非常宁静而美丽的小城，有一对非常恩爱的恋人，他们每天都去海边看日出，晚上去海边送夕阳，每个见过他们的人都向他们投来羡慕的目光。

可是有一天，在一场车祸中，女孩不幸受了重伤，她静静地躺在医院的病床上，几天几夜都没有醒过来。白天，男孩就守在床前不停地呼唤毫无知觉的恋人；晚上，他就跑到小城的教堂里向上帝祷告，他已经哭干了眼泪。

一个月过去了，女孩仍然昏睡着，而男孩早已憔悴不堪了，但他仍苦苦地支撑着。终于有一天，上帝被这个痴情的男孩感动了。于是他决定给这个执著的男孩一个例外。上帝问他："你愿意用自己的生命作为交换吗？"男孩毫不犹豫地回答："我愿意！"上帝说："那好吧，我可以让你的恋人很快醒过来，但你要答应化作三年的蜻蜓，你愿意吗？"男孩听了，还是坚定地回答道："我愿意！"

天亮了，男孩已经变成了一只漂亮的蜻蜓，他告别了上帝便匆匆地飞到了医院。女孩真的醒了，而且她还在跟身旁的一位医生交谈着什么，可惜他听不到。

几天后，女孩便康复出院了，但是她并不快乐。她四处打听着男孩的下落，但没有人知道男孩究竟去了哪里。女孩整天不停地寻找着，然而早已化身成蜻蜓的男孩却无时无刻不围绕在她身边，只是他不会呼喊，不会拥抱，他只能默默地承受着她的视而不见。夏天过去了，秋天的凉风吹落了树叶，蜻蜓不得不离开这里。于是他最后一次飞落在女孩的肩上。他想用自己的翅膀抚摸她的脸，用细小的嘴来亲吻她的额头，然而他弱小的身体还是不足以引起她的注意。

转眼间，春天来了，蜻蜓迫不及待地飞回来寻找自己的恋人。然而，她那熟悉的身影旁站着一个高大而英俊的男人，那一刹那，蜻蜓几乎快从半空中坠落下来。人们讲起车祸后女孩病得多么的严重，描述着那名男医生有多么的善良、可爱，还描述着他们的爱情有多么的理所当然，当然也描述了女孩已经快乐如从前。

蜻蜓伤心极了，在接下来的几天中，他常常会看到那个男人带着自己的恋人在海边看日出，晚上又在海边看日落，而他自己除了偶尔能停落在她的肩上以外，什么也做不了。

这一年的夏天特别长，蜻蜓每天痛苦地低飞着，他已经没有勇气接近自己昔日的恋人。她和那男人之间的喃喃细语，他和她快乐的笑声，都令他窒息。

第三年的夏天，蜻蜓已不再常常去看望自己的恋人了。她的肩被男医生轻拥着，脸被男医生轻轻地吻着，根本没有时间去留意一只伤心的蜻蜓，更没有心情去怀念过去。

上帝约定的三年期限很快就要到了。就在最后一天，蜻蜓昔日的恋人跟那个男医生举行了婚礼。

蜻蜓悄悄地飞进教堂，落在上帝的肩膀上，他听到下面的恋人对上帝发誓说：我愿意！他看着那个男医生把戒指戴到昔日恋人的手上，然后看着他们甜蜜地亲吻着。蜻蜓流下了伤心的泪水。

上帝叹息着："你后悔了吗？"蜻蜓擦干了眼泪："没有！"上帝又带着一丝愉悦说："那么，明天你就可以变回你自己了。"蜻蜓摇了摇头："就让我做一辈子蜻蜓吧……"

感悟：有些缘分是注定要失去的，有些缘分是永远不会有好结果的。爱一个人不一定要拥有，但拥有一个人就一定要好好去爱。你的肩上有蜻蜓吗？

 # 再陪你吃一顿早餐

手术由上午改到下午，他遵医嘱没吃早饭，医生说，现在，你可以吃了。

已经9点多了，小吃店都关了，绕了很久，他们才找到一家卖羊汤肉饼的。当热腾腾的羊汤端上来，他猛然想起，有多少年了，两人没一起在外吃过饭了？

婚后多年，他什么高档饭店没进过，什么山珍海味没尝过？而她，一直守候家中，习惯了自家的厨房和餐厅。

所以她有些拘谨，不适应饭店的环境，毕竟这里和家不一样。况且，浓烈的羊汤，香得腻人的肉饼，她能吃得惯吗？

但她吃兴浓郁，边吃边说，记得结婚前，我们去香河买家具，你带我吃过一次，但那次的肉饼没这次香，那次的羊汤也没这里味道好。

他心一惊，那次，距今有十几年了吧？可她还记忆犹新，甚至饭菜的味道。

她很快吃掉了肉饼，碗里的汤也见了底。他却吃不下，剩了很多羊杂碎。她问，怎么不吃了？他反问，你不够吃？再要一碗吧。她说，不，就吃你剩下的吧。说着，把他碗里的羊汤，全倒进自己碗里。

印象中，她对饭菜从不挑剔，也吃得少，从没见这么贪吃过，更没想到，小城中随处可见的羊汤肉饼，她竟如此喜爱。或许，她是怀念恋爱时的那顿饭，才有了十几年不变的喜爱吧？看着她吃得香甜，他隐隐有些愧疚和心疼。

又想起了下午的手术。那个瘤子，是单位组织体检时发现的，也不知何时长的，总之不疼不痒。但毕竟需要手术，要动刀，要流血，他还是感到恐惧。

几天来他一直在想，手术时，如果怕了、疼了、挺不住了，就想想关羽刮骨疗毒吧，人家都不用麻醉，还边下棋边接受治疗，眉不皱，更不喊疼。

事实却没那么简单。手术要进行两小时，两小时都保持一种姿势，由于是局部麻醉，他神智清晰，医生在脖子上动刀动剪的声音清晰无比。他先是恐惧，接着身体不支，才过了几十分钟，就已身心俱疲，突然，他感到了绝望，精神似乎要垮下去了。

他努力去想关羽刮骨疗毒，给自己鼓劲强心，却根本不管用。

手术的折磨使他越发沮丧，这样下去，人会崩溃。

他强迫自己去想生活中美好的事，比如，年底升职有望，前程似锦；新买的基金正在疯涨，锦上添花。熬过眼前的痛，未来将是花团锦簇。可这些，只使他兴奋了几秒钟，瞬间，就又被无边无际的绝望取代。

他就要撑不住了，他真想对医生说，你干脆，一刀割破我的喉咙吧！

忽然，他想到了手术室外的她，想起一起吃早餐，她贪吃的样子；想起结婚以来，她为他受过的苦。想着想着，他心中就升腾起一种感动，眼泪流了下来，就在流泪的刹那，忽然就有一种力量涌遍了全身！

接下来的一个多小时，他的精神好了许多，恐惧也慢慢消失了，身体也恢复了力气。

手术成功了。病理检验，瘤子是良性的。她喜极而泣。他却说："这次手术，我最痛苦的不是担心瘤子的性质，而是手术台上的分秒如年，尤其前几十分钟时的痛苦，那时，谁也救不了我，升官发财的诱惑也没能使我振作，人差点就垮了。"

她因为高兴，就开玩笑问，那你靠什么挺过来了，是不是想起了红军不怕长征苦，地下党员被严刑拷打也宁死不屈？

他也笑了："不，我想起了你，是你，给我打了一针强心剂。"

她很疑惑："我在手术室外面，虽然很焦虑、很担心，却并不能帮你啊。哦，是爱情的力量吗？得了吧你，净哄我，都十几年夫妻了，还说这种话。"

他却严肃地说："是真的，在我就要垮掉的时候，突然想起我们一起用早餐的画面，那个画面，成了我最美好的记忆和憧憬。我心里反复说，如果我能活着走下手术台，一定再带你吃一次羊汤肉饼。这成了我最大的愿望，我必须去实现。就靠这个，我挺了过来。"

她的笑僵在脸上。随之，眼泪就像断线的珍珠落了下来。

感悟：原来，人最痛苦、最绝望时，支撑他别倒下，指引给他希望的，不是顶天立地的英雄，也不是名利前程的诱惑，往往是一件很简单的事，比如，能再陪爱人吃一顿早餐。其实也不简单，因为，越是平常的事、卑微的愿望，往往越有力量。

蚊子与浪漫的较量

终于有机会与她独处了。他是机关里的一个办公室主任，年近四十，有妻有子，儒雅稳重。她是广告公司的总监，年轻貌美，做事果敢。

他们是在一次商品展销会上认识的。当时他是组委，而她则负责展销会的广告宣传。工作上的接触给两人留下很深、很美好的印象。他从来安分守己，但此时对婚外情不屑一顾的心有些躁动了。而她好像也有意，展销会结束后，不着痕迹地制造与他保持联系的机会。两人在若有若无的情愫中熬过了两个多月。

这天，她说是自己生日，请他吃晚饭。两人喝了小半瓶干红，都说醉了，其实都是心知肚明，酒不醉人人自醉啊。他到酒店开了房说要让她休息，然后两人就进了房，锁了门。

房间里窗帘低垂，灯光昏暗。

这时，是大夏天。屋内的空调已经开到18℃了。他眼里却燃着火焰，心滚烫滚烫的，燥热不安。一只蚊子好像也传染了他的不安，"嗡嗡嗡"地在他耳边不停地唱歌，老是打断他的情话。他原想着，随这只蚊子去吧，他身边是偷偷想了两个多月的人，他总不能停下来去和蚊子战斗吧。

可是，这只蚊子好像已经饿了许多天了，"嗡嗡"地就是纠缠着不放。有几次他似乎能觉着蚊子在他的臂膀上落了下来，寻找可以下口叮咬的地方了。臂膀不自觉地痒了起来。他忍不住挥手去赶，没一分钟，蚊子又跑回来向他挑衅了。

她也像发现了这只蚊子，厌恶地皱了皱眉头，侧了侧头。

在这么浪漫的时候出现这只不识时务的蚊子多扫兴啊。那蚊子唱得他心烦意乱，翻身坐了起来，他决定先解决了它再来继续。

将灯拧亮，他四处搜索蚊子。她长发散乱，斜倚在床上，伸手点了根烟，边吸边看着他"格格格"地笑。他尴尬地没话找话："这酒店真是的，怎么会有蚊子呢？"她吐了个烟圈说："哪儿没蚊子呢？它们比人还猖狂。你赶紧打了它吧。"

他没搭话，心里却是沉沉的。是啊，哪里没有蚊子呢？连他家，干净整洁的家都免不了会进一两只蚊子。昨夜12点多，他已经睡醒一觉了，迷糊中看见妻子正握着蚊拍打蚊子。看到他醒了，妻子轻声说："对不起，我打蚊子吵着你了吧？快些睡，还有一只呢。"他就没再理会了，翻身继续睡。迷迷糊糊中，他听到妻子打完了那只蚊子，又轻手轻脚地走到儿子的房间去看有没有蚊子。妻子包揽了家里所有的家务，每天上床睡觉的时间已经很晚了，夜里她还要守护他和儿子的睡眠，与小小的蚊子战斗。可是每天清早起床最早的，却是妻子。他醒来时，妻子已经买好菜，做好早餐，伺候儿子穿好衣洗好脸了。

想到这些，他的眼角不由得湿润了。他的妻子啊，那个今早红着眼睛悄声问他"你睡得还好吗"的女人。现在正在做什么呢？是在辅导儿子的功课，还是为他熨烫明早要穿的衬衫？她会一直等自己回家吗？一定会的，每天，她都要安顿好他和儿子才能够安眠啊。可是，现在，自己在做什么呢？床上的那个女人并不是妻子。妻子知道了，会怎么样呢？还会为自己煮饭、打蚊子吗？踏出了这一步，他连妻子为他打蚊子的举动都对不住啊。

酒店里的那只蚊子很是狡猾，不知躲到哪儿去了。他连它的边都没打到。他现在知道为什么妻子夜里打蚊子要那么久时间了。

床上的她吸完了那根烟，歪着头看着他笨拙地追打蚊子，问："你从来没打过蚊子？"他停了下来，心变得清亮清亮的。回身坐在她的身边，定定地望着她，说："是的，我从来没打过。在家里，打蚊子这样的事都是我妻子做的，从来用不着我动手。"

她不说话了，也定定地望着他，刚才他眼里燃烧的那团火已经不见了。他的眼深邃得她看不懂。那一刻她忽然领悟了，原来所有的浪漫都敌不过一只蚊子。

感悟：有些事是只有真正爱你的人才会做的。

天使之恋

一个天使路过山涧的时候，遇到了一位女孩。他们相爱了，就在山上建造了爱的小屋。

天使每天都要飞来飞去，但他真的很爱这位女孩，得空就来陪伴她。

一天，天使带着心爱的女孩，在山间散步。忽然，他说："如果有一天你不再爱我了，我会离开你。因为没有爱的日子，我活不下去。那时候，我就会飞到另一个女孩的身边。"

女孩看了天使一会儿，坚定地说："我永远爱你！"

他们的日子过得挺幸福。但是，每当女孩想起天使的那句话，就开始烦躁不安了。她觉得天使说不定哪天会离开她，飞到另一个女孩的身边。于是一天晚上，女孩趁着天使睡熟的时候，把天使的翅膀藏了起来。

天亮以后，天使生气地说："把我的翅膀还给我！为什么要这样？你不爱我了？"

"我没有，我还是爱你的！我没有藏你的翅膀，真的，相信我好吗？"

"你骗人，你说谎，我不相信你了，你已经不爱我了！"

当他从柜子里找出翅膀后，就头也不会的飞走了。

女孩很难过，也很怀念那段美好的生活。她后悔了，就独自坐到山头的风口上，默默的忏悔："纵然我爱你爱得发狂，也不能剥夺你飞翔的权利，是吗？我应给你足够的自由，让彼此有喘息的空间。我现在真的懂了，你还能回来吗……"

感悟：生活中有些人，就像那个女孩一样，把爱当做借口，约束着对方。这样的爱情不但苦了自己，也苦了对方。时刻都不要忘了：爱情只能拥有，不可占有。不管你如何爱一个人，也不要剥夺他自由飞翔的权利。

大鱼和小鱼

遥远的海里，有一只很漂亮但是很孤单的大鱼。他没有朋友，没有玩耍的伙伴，没有自己的小窝，每天只是寂寞的在最深最冷的海底游荡，有很多的海草经常缠绕着它，他在这些美丽或不美丽的海草中穿行，听着寂寞的声音，一滴一滴，如它吐出的气泡。

有一天，他终于厌倦这种冰冷和缠绕了，他向上游去，感觉到水的温度变暖了，但是心底仍是寂寞的声音。当他把头探出水面时，看到了温暖的太阳，明媚的世界，感受到清爽的海风，还有，还有，近处一朵浪花上坐着一条红色的小鱼。小鱼稳稳地坐在上面，随着浪花来来回回，仿佛坐摇篮一样，好开心的样子。

小鱼也看到他了，很热情地向他打了个招呼，"嗨，老头鱼，你好啊？"嗯？这只鱼吓了一跳，我有这么老吗？她居然叫我老头鱼？他很生气地说，"你好没有礼貌啊，我还很年轻，怎么能叫我老头呢？"小鱼哦了一声，装作明白了的样子，重新打招呼说，"你好啊，老爷爷鱼。"他气得切切地咬了几下自己的牙。小鱼嘻嘻笑着说，"再敢提意见，就叫你老不死的鱼。"他被气得没办法，就只好笑了。心里想，有意思的小鱼。

小鱼顺手拿出一个铁丝编成的空圈，舀了些海水，做成了一个水镜，然后递给他，一撇嘴说，"自己看看吧，好寂寞好老的样子。"他自己看了看，吓了好大一跳，的确是一个寂寞的憔悴的人。小鱼把镜子收回去说，"你一定是经常呆在下面的缘故了，要记得经常上来晒晒太阳了，像我这个样子，关于晒太阳我是非常有经验的，哪里不懂来问我好了。"新鲜啊，没听说晒太阳还有什么说法。他想着，"那你说说吧。"小鱼笑了，说啊，其实简单的。就是当有太阳的时候，你就出来，开始晒喽。大鱼笑了。这个充满了阳光味道的小鱼，挺有趣的啊。这样子，大鱼和小鱼成了朋友。他们经常斗斗嘴啊，聊聊天啊。大鱼来海面的时间越来越长了。时间长了以后，他们就成了好朋友了。

大鱼很冷的，小鱼很暖的；大鱼很硬的，小鱼很软的；大鱼很忧郁的，小鱼很快乐的；大鱼很粗暴的，小鱼很温柔的；大鱼很安稳的，小鱼很淘气的，这只是它们的表现。其实大鱼也会很暖，小鱼也很冷；大鱼也会快乐，小鱼也会忧郁；大鱼也会淘气，小鱼也会安稳；大鱼也会温柔，小鱼却不会粗暴。两只很不同的鱼在一起会怎么样呢？当然经常吵架。

有时会吵到夜里两点，小鱼很气的，大鱼不爱哄她，一甩尾巴游到深海里去了，小鱼坐在浪花上对着月亮哭，眼泪一滴一滴地掉进海里，可大海毕竟太大了，这点眼泪算什么呢？小鱼想了想就不哭了，没人哄，自己哄自己算了。她就自己坐在那里看着星星的大眼睛，对自己说，"小鱼小鱼别生气，我来我来哄哄你。惹你生气我不对，以后不再发脾气。真的对不起，以后一定爱护你。"说着她自己就笑了，脸上还挂着泪光呢。其实大鱼没那么狠心了，他在远远地看着小鱼呢。看到她自己哄自己，可是他不好意思过去。

第二天他会装作什么也没看见的样子，又来找小鱼玩。小鱼很好哄的，睡了一觉以后就不记大鱼的仇了，看到他还是好开心的样子。慢慢地，日子这样一天一天过去了。大鱼开心的时候也会逗逗小鱼的，有时候他被水底的海草缠绕时，也会想一下那只浪花上坐着的小鱼在做什么。彼此虽然不同，但不妨碍他们互相的惦记。大鱼虽然喜欢和小鱼一起玩，但他是喜冷的鱼，他的家毕竟是在海底。海底的石头虽然冷，海底的草虽然乱，海底的世界虽然寂寞，但对于他来说都是无比的真实。浪花上的小鱼虽然有趣，虽然温暖，但是对于他来说，越温暖就越虚幻，越明亮就越遥远。

海里的任何鱼都不能为对方改变自己的属性的。不是不想改变，是不能改变。无论暖的变冷还是冷的变暖，无论海上的到海下还是海下的到海上定居，都只能是一种结局，因为无法适应而死去。大鱼来得多了，他已经感觉到不舒服了。他的鳞片在脱落，防卫的外衣在变软，这对他来说是可怕的现象，最后一次，他告诉小鱼，他不能再来看她了。浪花上的小鱼点点头，很乖的，不吵不闹，因为她心里都知道。

这是他们最后一次一起晒太阳了，海面上微风轻轻吹着。大鱼的皮肤感觉到了痛，小鱼的心里感觉到了痛。小鱼的眼泪又一滴滴地掉进了海里。她看着大鱼说，"大鱼，我好想和你再吵一架。然后记得你坏坏的样子，就不用想你的好了，就不会很想你很想你了。"

大鱼看着小鱼，慢慢地说："你是我最讨厌最讨厌最讨厌的小家伙了。"然后他慢慢地把自己沉了下去，闭上眼睛，一片黑色，没有小鱼的声音了，只有海风的呼啸隐隐传来。

大鱼终于回到了海底，很多年过去了。他再也没到海面上去过，因为他是勇敢的大鱼。偶尔他也会想起那只小鱼，不知道她过得怎么样了，有没有找到一个快乐的同伴一起玩耍呢，是不是偶尔会想起我呢。也曾托流动的海潮去探问一下她的消息，所有的回复都是，没有见过那条浪花上的小鱼。

后来的一天，大鱼出去散步，突发奇想，很想到海面上转转，他向上游着，游到半路上忽然发现一个奇怪的东西，一架倒立的小

受益终生的哲理故事

鱼骨。肯定很多年了，骨都被海水刷成了奶白色了。只是奇怪，她还是头向着下的，仿佛尽管是死去，她也想游到底。大鱼游近了，忽然他不动了，这正是那只浪花上的小鱼。她来找他了，但是她太小了，她不能适应这种寒冷，却依然保持她心里的愿望，给这海洋一个倒立的身影，给这海洋一个游到底的决心，也给了这海洋一颗爱着的心。

大鱼抱着小鱼，仿佛抱着一个世上最好的宝贝，以最亲的最柔的动作，慢慢地游着，向下游着，向底游着……游着……

没人能看到他的泪，因为他，在水里。

感悟：对爱执著有时会付出大于想象的代价，你准备好做那条小鱼了吗？

幽默哲理篇

 所求不同

一只小猪、一只绵羊和一头乳牛，被关在同一个畜栏里。有一次，牧人捉住小猪，小猪大声号叫，猛烈地抗拒。绵羊和乳牛讨厌小猪的号叫，便说："他常常捉我们，我们并不大呼小叫。"

小猪听了回答道："捉你们和捉我完全是两回事，他捉你们，只是要你们的毛和乳汁，但是捉住我，却是要我的命！"

启示：立场不同、所处环境不同的人，很难了解对方的感受；因此对别人的失意、挫折、伤痛，不宜幸灾乐祸，而应要有关怀、了解的心情。

 卖光了

有这样一位作家，因为小有名气而颇有点沾沾自喜，觉得自己的书肯定非常受读者欢迎。

有一次，他到一座小城市去旅游，这座城市只有一家书店，他于是准备去这家书店看看。这天，这位作家来到书店，一眼就看到自己的书放在最显眼的位置，心里很高兴。

可是，他看遍整个书店，发现这个书店里同体裁的书架上只有他的书，有些迷惑不解，就问老板："其他作家的书呢？"店老板支吾半天才说："其他的书都卖光了！"

启示：要深入了解事情，才不会被表面现象所迷惑，而一有所成就不可一世，更是不可取的。

老人的经验

高尔夫球场上，一个年轻人正准备开球，这时过来一位年老的绅士，询问是否可以和他一起打几杆。

年轻人爽快地答应了。开球以后，老人打得一点也不赖，当他们来到第九洞前时，年轻人看到前方一棵枝繁叶盛的大树挡住了球路。年轻人反复观察测量，想找出避开大树的方法。老人对他说："年轻人，知道吗？我在你那个年纪的时候，狠命一击，就把球从树

顶上打了过去。"

被老人一激，年轻人用力挥杆，向球击去。球却直接飞进了树冠，然后掉下地面，又滚到了眼前。这时，老人又说道："当然了，我在你那个年纪的时候，这棵树只有两米来高。"

启示：实际情况永远要摆在经验之前。

房顶上的标语

一个建在机场旁的电影制片厂，常因为附近起降飞机发出的噪音而影响正常工作，厂长让经理想办法解决这个问题，经理想了许久，决定直截了当地解决这个问题，他在房顶上写了一条大标语："请注意，这里是电影制片厂，需要安静!"，希望飞行员看到后自觉降低噪音。

结果，这条标语却带来了更大的噪声，因为飞行员们看到房顶上的横幅后，个个都想看看到底写了什么，而飞得太高就看不到了，只得把飞机开低一点来看清楚。

启示：懂得解决问题是好事，但如果没掌握正确的方法，那只会让问题更糟。

无辜的建筑师

一位夫人打电话给建筑师，说每当火车经过时，她的睡床就会摇动。"这简直是无稽之谈！"建筑师回答说，"我来看看。"建筑师到她家后，夫人建议他躺在床上，体会一下火车经过时的感觉。

建筑师刚上床躺下，夫人的丈夫就回来了。

他见此情形，便厉声喝问："你躺在我妻子的床上干什么？"

建筑师战战兢兢地回答："我说是在等火车，你会相信吗？"

启示：有些话是真的，却听上去很假；有些话是假的，却令人深信不疑。

✤ 调 羹

麦克走进餐馆，点了一份汤，服务员马上给他端了上来。

服务员刚走开，麦克就嚷嚷起来："对不起，这汤我没法喝。"

服务员重新给他上了一个汤，他还是说："对不起，这汤我没法喝。"

服务员只好叫来经理。经理毕恭毕敬地朝麦克点点头，说："先生，这道菜是本店最拿手的，深受顾客欢迎，难道您……"

"我是说，调羹在哪里呢？"

启示：有错就改，当然是件好事。但我们常常却改掉正确的，留下错误的。

✤ 穿错大衣

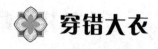

饭厅内，一个异常谦恭的人胆怯地碰了碰另一个顾客，那人正

在穿一件大衣。

"对不起，请问您是不是皮埃尔先生？"

"不，我不是。"那人回答。

"啊，"他舒了一口气，"那我没弄错，我就是他，您穿了他的大衣。"

　　启示：要做到理直气壮，并不是件容易的事情。理直的人，往往低声下气；而理歪的人，却是气壮如牛。

回 电

一个苏格兰人去伦敦，想顺便探望一位老朋友，但却忘了他的住址，于是给家父发了一份电报："您知道托马的住址吗？速告！"当天，他就收到一份加急回电："知道。"

　　启示：当我们终于找到最正确的答案时，却发现它是最无用的。

帮 忙

在邮局大厅内，一位老太太走到一个中年人跟前，客气地说："先生，请帮我在明信片上写上地址好吗？"

"当然可以。"中年人按老人的要求做了。

"谢谢！"老太太又说："再帮我写上一小段话，好吗？"

受益终生的哲理故事

"好吧。"中年人照老太太的话写好后，微笑着问道："还有什么要帮忙的吗?"

"嗯，还有一件小事。"老太太看着明信片说，"帮我在下面再加一句:字迹潦草，敬请原谅。"

启示:不仅是做自己的事情要量力而行，帮别人做事也是如此。

✿ 父 子

父子二人经过五星级饭店门口，看到一辆十分豪华的进口轿车。儿子不屑地对他的父亲说："坐这种车的人，肚子里一定没有学问!"

父亲则轻描淡写地回答:"说这种话的人，口袋里一定没有钱!"

启示:你对事情的看法，是不是也反映出你内心真实的态度?

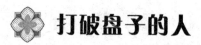 打破盘子的人

晚饭后，母亲和女儿一块儿洗碗盘，父亲和儿子在客厅看电视。突然，厨房里传来打破盘子的响声，然后一片沉寂。

儿子望着他父亲，说道:"一定是妈妈打破的。"

"你怎么知道?"

"她没有骂人。"

启示：我们习惯以不同的标准来看人看己，以致往往是责人以严，待己以宽。

酒窝大道

有两个台湾观光团到某岛旅游，路况很坏，到处都是坑洞。其中一位导游连声抱歉，说路面简直像麻子一样。然而另一个导游却诗意盎然地对游客说："诸位先生女士，我们现在走的这条道路，正是赫赫有名的酒窝大道。"

启示：虽是同样的情况，然而不同的意念，就会产生不同的态度。思想是何等奇妙的事，如何去想，决定权在你。

老太太和老先生

在故宫博物院中，老太太觉得博物馆太大，一路都浏览而过，老先生却戴着眼镜，一路走一路停，细细地琢磨一路的宝贝。老太太走得太快把老头落在了后面，于是她又返回前一个展厅找他，发现老头正握着放大镜停在一个地方。

老太太不耐烦地对她先生说："我说你为什么走得这么慢。原来你老是停下来看这些东西。"

受益终生的哲理故事

启示：有人只知道在人生的道路上不停奔跑，结果却失去了观看两旁美丽风景的机会。

炒菜和开车

妻子正在厨房炒菜。

丈夫在她旁边一直唠叨不停："慢些。小心！火太大了。赶快把鱼翻过来。快铲起来，油放太多了！把豆腐整平一下！"

"哎"妻子脱口而出，"我懂得怎样炒菜。"

"你当然懂，太太，"丈夫平静地答道，"我只是要让你知道，我在开车时，你在旁边喋喋不休，我的感觉如何。"

启示：学会体谅他人并不困难，只要你愿意认真地站在对方的角度和立场看问题。

司 机

一辆载满乘客的公共汽车沿着下坡路快速前进着，有一个人后面紧紧地追赶着这辆车子。一个乘客从车窗中伸出头来对追车子的人说："老兄！算啦，你追不上的！"

"我必须追上它，"这人气喘吁吁地说，"我是这辆车的司机！"

启示：正因为必须全力以赴，潜在的本能和不为人知的特质才会充分展现出来。

发明电灯的人

小男孩问爸爸："是不是做父亲的总比做儿子的知道得多？"

爸爸回答："当然啦！"

小男孩问："电灯是谁发明的？"

爸爸："是爱迪生。"

小男孩又问："那爱迪生的爸爸怎么没有发明电灯？"

启示：喜欢倚老卖老的人，特别容易栽跟斗。权威往往只是一个经不起考验的空壳子，尤其在现今这个多元开放的时代。

添油加醋

鸡对麻雀说："猫长得像虎。"

麻雀对老鼠说："猫跟虎一样大。"

老鼠对豹子说："猫比虎还要厉害。"

豹子被吓得一身冷汗。

启示：别人说的是别人的感觉，而你不是别人。

❖ 吸烟的后果

场景一

老师：老实说，你吸烟吗？

男生一：不吸。

老师：不吸？嗯，吃根薯条吧。

男生一：很自然地伸出两根手指夹着接过来……

老师：不吸？！叫家长来……

场景二

老师：吸烟吗？

男生二：不吸。

老师：不吸？嗯，吃根薯条吧。

二由于听到一的情况，所以很小心地用手掌接过了薯条。

老师：不蘸点番茄酱吗？

二一不小心蘸多了，于是马上用手指弹了弹……

老师：弹烟灰的姿势很熟练嘛。叫家长来……

场景三

老师：吸烟吗？

男生三：不吸。

老师：不吸，好，吃根薯条吧。

三因有前面两个例子很小心地流着汗吃完了薯条。

老师：不给同学带根回去吗？

三接过薯条后顺手就夹在耳朵上……

老师：不吸？叫家长来……

场景四

老师：吸烟吗？

男生四：不吸。

老师：很好，吃根薯条吧。

四心惊胆战地吃完了薯条。

老师：不给同学带根回去吗？

四又小心地将薯条放到了上衣袋里。

老师突然大喊一声：校长来了！

四赶忙从口袋里取出薯条扔在地上，用脚使劲地踩……

老师：不吸？！叫家长来……

场景五

老师：吸烟吗？

男生五：不吸，

老师：很好，吃根薯条吧。

五刚拿过薯条，老师说：不请我吃吗？

五赶忙双手递过薯条，然后掏出打火机……

老师：不吸？！叫家长来……

场景六

老师：吃根薯条吧。

男生六：谢谢，不会。

启示：诱惑面前，要果断拒绝。

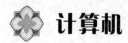 **计算机**

一个对计算机毫不熟悉的中年人买了一台计算机回家，在他上网期间，不小心按到了光驱的按钮。

第二天，他致电计算机商说："我在你们处买的计算机很不错，但用来放咖啡杯垫的架子却很脆弱，一放上去就断了。"

启示：错误只是自己不懂的问题，不要一开始就从别人那里找原因。

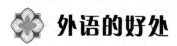 **外语的好处**

一天，一只老耗子带着一群小耗子在房间里闲逛。突然，一只猫出现在它们面前。于是，耗子们开始四处逃窜，猫在后面穷追不舍，就在它们无处可逃之时，跑在前面的老耗子，突然回过头冲着猫大叫两声："汪，汪！"猫被这突如其来的两声狗叫声吓得掉头就跑。耗子们总算脱险了，小耗子们边擦汗边用崇拜的眼神看着老耗子，这时，老耗子拍着小耗子们的肩膀，语重心长地说："孩子们，你们看见了，掌握一门外语是多么重要啊！"

启示：多学习总是有百利而无一害，尤其是对于年轻人来说。